きみはぼくの宝物
史上最悪の夏休み

木下半太

幻冬舎文庫

きみはぼくの宝物

史上最悪の夏休み

1

これはぼくのひと夏の冒険物語なんだけれど、まずはパパとママとの出会いからはじめさせてもらうよ。

それと、〝ひと夏の冒険〟って言葉に反応した人にあらかじめ忠告しておく。『スタンド・バイ・ミー』のような感じのノスタルジックできゅんとくる話を期待しているのなら、ごめん。全然、違うんだ。どちらかと言えば悲劇の物語だ。

何でもかんでもきゅんとして泣きたい気持ちはわかるよ。泣いてストレスを解消したいんだよね。映画でも小説でも《今年一番泣ける！》みたいに言われると、観ないと損した気分になっちゃうもんね。

でも、この冒険物語は泣けないと思う。だって、ほとんどがぼくの愚痴で構成されているから。そして、ぼくは自他ともに認める日本一可愛げのない十一歳だ。

もちろん、好きでこんな捻《ひね》くれた性格になったわけじゃない。

誰のせいかって？　今から話す、両親のせいさ。


十二年前、冒険家の江夏十蔵《えなつじゅうぞう》は、手作りの筏《いかだ》でアマゾン単独河下りを成功させて、意気揚々と日本へ帰国した。

江夏十蔵は、大胆な行動力と端整なルックスの持ち主（ぼくは薄汚れたジョニー・デップと呼んでいる）でもあったので、当時はバラエティ番組にゲストとして呼ばれたり、ファッション雑誌の表紙を飾ったりするほどの人気を博していた。

「あのときの俺は怖いもの知らずだった。金も女も思いのままだ。パパはな、アイドルや女優さんともエッチしたことがあるんだぞ。どうだ、凄《すご》いだろ」と、のちに焼酎で酔った勢いで息子に自慢している。

アマゾンやチョモランマの大自然を相手にしても揺るがないタフな男だったが、そんな十蔵にも、唯一、弱点があった。

幼馴染みの由実《ゆみ》である。

江夏十蔵は幼稚園のころから由実に恋していたのに、二十五年間、ずっとその想いを伝えることができなかった。フラれることが怖かったからだ。

「いいか。本当に怖いのは大切な人を失うことだ。それに比べたらジャングルの毒蛇や凶暴なピラニアや洞窟の白骨死体も屁《へ》みたいなもんさ」と、のちにお風呂の中でオナラをしながら息子に語っている。

江夏十蔵と由実は、幼稚園から高校まで、同じ学校に通った。由実の気を惹《ひ》くために、高い塀から飛び降りたり、野良犬に戦いを挑んだりしたのが、冒険家としての原点らしい。

江夏十蔵は、恋のせいで事件を起こした。あるテレビの企画でアマゾン探検をし、そのロケから帰ってきた一週間後のこと。幼馴染みということもあり、由実の結婚式に参列していた。由実の相手は神戸の金持ちの息子だった。その式の途中のことだ。牧師が誓いの言葉を言いはじめたとき、「異議あり！」と遮って、そのまま由実を〝お姫様だっこ〟で強奪&逃走したのである。

映画や小説ならロマンチックだ。でも、現実は違う。こんなのは犯罪だ。告訴され、莫大な慰謝料を払い、大ニュースになってスポンサーを失い、江夏十蔵は冒険家を失業してしまった。

そのとき、由実が勢いに負けて江夏十蔵に運命を感じてしまったものだからタチが悪い。

二人は、知り合いの誰もいない大阪に移り住み、籍を入れ、子供を作った。

生まれた息子の名前をつけるときにも、ひと悶着《もんちゃく》あったらしい。

江夏十蔵は、「この子の名は〝我々倫〟にする」と言って譲らなかった。人類で初めて宇宙から地球を見た宇宙飛行士、ユーリィ・ガガーリンから取りたいというわけだ。

「ガガリンはおかしいでしょ。そんな名前、普通じゃないし、絶対に学校でいじめられるわよ」と由実が猛反対しても、「俺の息子なんだから普通じゃダメなんだよ。こいつには、いずれ、俺を超える冒険家になってもらう」と耳を貸さなかった。

埒《らち》があかないので、由実は「私が一人で育てます」と書き置きを残し、江夏十蔵が寝ている隙《すき》をつき、赤ん坊を連れて家出をする。

由実の強硬策に、ようやく折れた江夏十蔵は「じゃあ、七つの海を股にかける男になって欲しい」との理由で、〝七海《ななみ》〟と命名することを約束し、めでたく妻と息子は家に戻った。

江夏十蔵は冒険家としては優秀だったけれど、一般社会にはまったく溶け込めずにいた。

彼には一般常識や一般教養というものがなかった。彼にとっての常識は、「縫い針を布で擦《こす》って静電気を起こし、糸で吊るせばコンパスの代わりになる」とか、「ヒルに嚙《か》みつかれたときはタバコの火をヒルの尻尾に押しつける。もしくは醬油《しょうゆ》をかけると剝《は》がれ落ちる」とかだ。

由実は、そんな江夏十蔵を愛してはいたものの、彼が働きもせずにブラブラとしている姿を見てストレスが溜まり、息子の七海に「アンタを産んでいなければ、とっくにパパと別れているのに」と、頻繁に八つ当たりをした。

それでも、七海は母親を恨まなかった。暴言が飛び出すのも当然だと思えるぐらい、江夏十蔵の日頃の行動が最低だとわかっていたからだ。

冒険の場所を失った冒険家ほど、扱いに困る人間はいない。

七海が幼稚園のとき、近所の公園で「パパ、かくれんぼしよ」と言った。

「よし。パパが隠れるから、十秒数えたら見つけるんだぞ」

江夏十蔵が見つかったのは二週間後、瀬戸内海の離島だった。それ以来、七海はトラウマでかくれんぼをしていない。

冒険家の悲しき暴走はまだある。

七海が小学校二年生のとき、江夏十蔵は、地区の自治会が催す《親子キャンプ》に参加した。

最初は良かった。テントを立てるときや飯盒炊《はんごう》さんは、完全なる独壇場だった。そんな父親の姿を、息子の七海も誇らしげに見ていた。

しかし、アフリカのキリマンジャロを単独で登頂したことのある江夏十蔵からすれば、兵庫県の《くるみの里キャンプ場》は、冒険心を満たすには、かなりもの足りなかった。よせばいいのに、要らぬ実力を発揮してしまったのである。

晩ご飯のカレーを食べているとき、子供たちが「お肉が少ないよ」と残念がっているのを不憫《ふびん》に思い、江夏十蔵は山奥へと消えた。

一時間後、手作りの弓で仕留めた子鹿を肩に担いで戻ってきた。免許を持ってもいないのに狩りをするのは法律違反ではあるが、自由人の江夏十蔵には関係ない。

「これで、お肉をたっぷり食べられるぞ」と言って、持参したサバイバルナイフで子鹿をサクサクと捌《さば》き、「この部位は刺身で食べるのが一番美味《おい》しいんだ」と取り出した心臓をスライスした。

キャンプに参加していた親子全員が、食べたばかりのカレーを吐いた。

まあ、こんな両親に育てられたら、誰だってぼくみたいに世間を斜めにしか見られない少年になるよ。

危なかった。もう少しでぼくの名前は江夏我々倫になるところだったのだ。とはいえ、七海という名前が気に入っているかというと、そんなことはない。

とにかく、この十一年間で色んな出来事が起きた。一番へこんだのが去年、ママが失踪したこと。

その次にへこんだのは、パパが先月再婚したこと（まだママと離婚していないのに！）。しかも、相手はフィリピンパブで働いていたダンサーだった。

江夏マルガリータ。ぼくの新しい母親の名前である。

2

「七海の新しい母ちゃん、めっちゃ爆乳やんけ。日本人離れしてるよな」

後ろの席の近藤桃太郎《こんどうももたろう》からからかわれたときは、恥ずかしくて泣きそうになった。そして、パパに殺意を抱いた（最近は、一日五回以上は抱いている）。

夏休み前の授業参観日に、パパがマルガリータを連れてきたのだ。

担任の先生を含めたクラス全員がどん引きしていた。児童の親たちの中には、露骨に眉《まゆ》をひそめて、マルガリータの露出度の高い服装を睨《にら》みつけている人もいる。スパンコールのついたエメラルドグリーンのドレスは、マジシャンの横に立つアシスタントみたいだ。

パパの格好はさらに酷《ひど》くて、目も当てられない。自分が冒険家だとアピールしたいんだろう、『インディ・ジョーンズ』のハリソン・フォードそのままの服装だ。手にしている縄跳びはムチのつもりなのだろうか。

「フ、フィリピン人なのだから、に、日本人離れしてて当然だ」

前の席に座っている桶谷常夫《おけたにつねお》が振り返り、銀縁のメガネを人差し指でクイッと上げた。

「わかってるわい。当たり前のこと言うなや。ツネオは相変わらずおもんないの」桃太郎が苛《いら》つきながら言った。

「お、おもんなくて、い、いい。お、お笑い芸人に、な、なりたいわけではない」ツネオが顔を真っ赤にして言い返す。

この犬猿の仲の二人が、ぼくの唯一の親友だ。ぼくを入れたこの三人が、いじめっ子たちのターゲットになっている。ぼくたちは弱者同士で肩を寄せ合い、傷を舐《な》め合って、休み時間や昼休みをやり過ごしていた。

ぶっちゃけると、そりゃ、ぼくだってイケてる男子グループの一員になって、女子たちの熱い視線を浴びたい。

断っておくが、ぼくはブサイクではない。色白すぎるけれど、美少年のカテゴリーには入る。ただし、口が悪いのと絶望的なほど運動ができないのとで、「オネエみたいでキモい」という評価になってしまっている。両親が関東の出身のせいで大阪弁をしゃべれないのもかなりネックになっていた。大阪の小学校で大阪弁を使えなければ、それは死に値する。何の武器もなしに戦場に躍り出るようなものだ。

あと、七海という名前も「女っぽくてキモい」と言われている。これが〝我々倫〟だったら、どれほどまでにいじめられていたか、想像するだけでも恐ろしい。

「ツネオ、七海の新しい母ちゃん見て、勃起してるやろ。チンチン硬くなってるんちゃうんか。見せてみろや」

桃太郎が嫌われる理由は明確だ。色黒の肥満体形でエロい台詞《せりふ》を連発するからである。女子たちからは、「セクハラ部長」とか「エロだるま」と呼ばれていた。体形に似合わず運動神経は抜群なのだけれど、休み時間中、サッカーをしたらマラドーナのようなドリブルで、ずっと一人でボールをキープするし、鉄棒をしたら、ずっと一人で大車輪をして他の児童と交代しないから、誰も遊んでくれなくなった。

「か、硬くない。あれしきで、こ、興奮するものか」

ツネオが嫌われる理由は色々ある。まず、極度の緊張性で言葉を噛みまくる。早口王国の大阪では致命的な弱点だ。あと、チビでメガネな上に、ヒゲが異常なほど濃い。小学五年生ではありえないジョリジョリ感だ。顔もなぜかラテン系で、女子たちからは「スペイン人のおっさん」と呼ばれている。でも、ツネオには凄い特技があるんだ。工場長をやっている父親の影響かメカニックの天才で、拾ってきたゴミを組み合わせてラジオを作ったときは度肝を抜かれた。

「そこの三人、私語はやめなさい」

担任の女教師が、ぼくたちを睨みつけた。メイクが濃すぎて場末のスナックのチーママみたいになっている。授業参観日だから張り切っているのはわかるけど。三十代後半でまだ独身。ヒステリックですぐにキレる。結婚できない焦りを児童にぶつけるのは、いい加減やめて欲しい。

そのとき、ぼくの後頭部に何かがコツンと当たった。

足元に丸めた紙が転がる。溜め息をつき、紙を広げてみると、パパからのメッセージだった。小石を包んでコントロールがつくようにしてあった。

小石なんか持ち歩くなよ……。今どき、幼稚園児でもそんな真似《まね》はしないぞ。

手紙には、《マルガリータにカッコいいところを見せてやれ》と書かれていた。渋々と振り返ると、パパは右手の親指を突きたて、マルガリータはピョンピョンと跳び上がりながらぼくに手を振った。

ぼくは決めた。無視だ。ここで当てられて、算数の問題を間違いでもしたら、明日からの学校生活がさらに過酷なことになる。ただでさえ、クラスの連中にマルガリータを目撃されたのだ。ここは大人しくするに限る。出る杭《くい》は打たれるこの日本社会で、個性は禁物だ。ぼくは目立たくないのに、昔からパパのせいで〝飛び出しすぎの杭〟にさせられてきた。

「この問題わかる人？」担任の女教師が教室を見渡した。

誰も手を挙げない。みんな、親の前で恥をかきたくないからだ。

「イタッ。何か飛んできたぞ」後ろの席の桃太郎が言った。

ぼくが無視しているのに痺《しび》れを切らしたパパが、今度は桃太郎にメッセージを送ったのだ。

「おい、七海。お前の父ちゃんが怒ってんぞ。《問題に答えなければ、オレが答える》と書いてるで」

パパは有言実行の男だ。実行するあまり、数々のトラブルを引き起こす。マルガリータとの結婚も、酔った勢いで口説いて「結婚しよう」と言ったのがきっかけだ。

マルガリータは、二十八歳。体つきはセクシーの極みだけど、心は少女のように純情だった。

フィリピンで暮らす家族を養うために日本で働き、必死で日本語をマスターし（吉本新喜劇のようなコテコテの大阪弁ではあるが）、持ち前の天真爛漫《てんしんらんまん》な性格で、働いていたフィリピンパブでも人気者だった。パパと結婚してからは（重婚になるので籍は入れてはいないけれど、フィリピンパブで結婚式を挙げた）ぼくに気を遣ってダンサーを辞め、梅田のゲームセンターで働いている。

パパはマルガリータを愛していた。ママに捨てられたショックを癒すかのように。

「桃太郎が問題に答えてくれよ」ぼくは、後ろを振り返らずに小声で言った。

「アカンて。オレにわかるわけないやろ」

そうだった。桃太郎は勉強がまったくできない。国語の授業で「猿も木から落ちる」ということわざを習ったときには、「猿は絶対に落ちない」と言い張って認めなかった。

「ヤバいよ……」ぼくは泣きそうになった。

早く何とかしないと、パパが手を挙げる。下手《へた》すると教壇に立ちかねない。

「ツネオに頼めばいいやんけ」

「答えてくれるわけないじゃん」

ツネオは、勉強はできるけど、授業で当てられても答えたことがない。当てられて立ち上がっても微動だにせず、地蔵のように固まってはいつも教師を困らせていた。

「誰もわからないのかな。そんな難しい問題じゃないでしょ。せっかく、お父さんお母さんが来てるんだからいいとこ見せなきゃ」と、女教師が煽《あお》る。

おいおい、やめろよ。パパがその気になっちゃうだろ。

でも、手を挙げる勇気はなかった。ぼくはパパの子供だけれど、冒険家の血は引いていない。危険な場所に自ら身を投げ出す気持ちなんてまったく理解できないし、これから先の人生も、なるべく安全な道を通って地味に生きていきたい。

「何が怖いんだ！　七海！」

とうとう、パパの堪忍袋《かんにんぶくろ》の緒が切れた。ウジウジしているぼくを見るのが大嫌いなのだ。

教室がざわつき、ぼくとパパへ、交互に視線が集中する。

「恥をかくのが怖いのか！　お前は本当の恐怖というものを知らない！　雪山で雪崩《なだれ》に襲われたらどうする？　それでも動こうとしないのか」

ここは大阪の中之島《なかのしま》だってば。

「野生の熊に襲われたらどうする？　いいか、寝たふりをしても熊には通用しないんだぞ」

だから、中之島だってば。熊には遭遇しないってば。

「ナナミ！　ファイトやがな！　イッパツかましたらんかい！」

マルガリータのコテコテの大阪弁に、クラスメイトたちが爆笑した。

「どないしたん？　なんでウケてんのや？」マルガリータが不思議そうに首を捻る。

いじめっ子たちが、ぼくを見ながら手を叩いて大喜びしている。

ぼくは「トイレに行ってきます」と立ち上がり、女教師の了解を取らないまま教室を飛び出した。

「七海、逃げるな！　それでもパパの子なのか！」

パパの声が聞こえたけど、ぼくは立ち止まらずに廊下を走り抜けた。

最悪だ。早く夏休みになって欲しい。クラスのみんなにはもう会いたくない。

このあと、さらに最悪な出来事が夏休みに待っていようとは、このときは夢にも思わなかった。

3

ぼくの悲劇的な冒険のきっかけを作ったのはマルガリータだった。

そのきっかけを話す前に、マルガリータの人生を少し振り返らなくちゃダメだ。

じれったいのはわかるよ。「さっさと冒険譚《たん》にいけよ」と思うだろうね。でも、ここで説明を省いたら、これから先せっかく話が盛り上がってきたところで、いちいち説明を挟まなきゃいけなくなる。

たとえば、テレビ番組でのテロップみたいに。ぶっちゃけ、あれって鬱陶《うっとう》しくない？「説明のための説明」みたいで、バカにされているような気がするんだ。テロップを多用することで、肝心の部分がぼやけてしまう。この前チラリと観た番組なんて、「感動のシーンまであと五秒」と、カウントダウンをはじめたんだから。

正気の沙汰《さた》とは思えないよね。感動のポイントまで指定されなきゃいけないなんて。そんなの、人それぞれでいいと思うんだけど。

だから、ぼくは最近めっきりテレビを観なくなった。もっぱら、図書館で借りてきた本を読むか、マルガリータが集めている洋画のＤＶＤを鑑賞している。

おっと、横道に逸《そ》れたね。そんなわけで、これからたっぷりと語る冒険をシラけたものにしないためにも、マルガリータの人物像に迫りたいと思う。

マルガリータは、パパと結婚して、フィリピンパブを辞めた。

「母になってもうたから、Ｔバックはいてクネクネ踊りたくないねん」が彼女の言い分だ。

ぼくは見たことはないけど、パパ曰《いわ》く、マルガリータのダンスは天下一品らしい。

「よっしゃ。ほんなら、仕事紹介したろやないか。マルガリータやったら、どこでも働けるわ」と、フィリピンパブの支配人が助け船を出してくれた。ちなみに、マルガリータにコテコテの大阪弁を教え込んだのはこの支配人だ。

支配人がマルガリータに紹介したのは、梅田の東通り商店街にあるゲームセンター《モンテカルロ》の接客係だった。カジノのディーラーみたいな格好をして、灰皿を交換したり、ＵＦＯキャッチャーのぬいぐるみを並べたりしている。

一カ月も経《た》たないうちに、《モンテカルロ》でもマルガリータは人気者になった。

とにかく、マルガリータは常夏の太陽みたいに明るい。同じアジア人でこうも違うかと思うほど毎日テンションが高く、周りにハッピーオーラを撒《ま》き散らしている。

はっきり言って、ぼくはマルガリータが苦手だ。義母という微妙な立場もあるし、日本でもトップクラスに入るであろう不幸少年のぼくは、マルガリータの眩《まぶ》しい陽気さにげんなりしてしまうのだ。

「七海、スマイルの門にはハッピーきたる、やで」と抱きついてきて、巨大なマシュマロみたいなオッパイを押しつけられても、どう対応していいか困る。

ご機嫌な出来事がなくても、朝から踊っている。マルガリータが来て以来、ぼくの毎朝の目覚まし時計は、マルガリータが好んでかけるラテン音楽だ。寝ぼけ眼《まなこ》で起き上がると、ホットパンツ姿の義母が腰を揺らしながら味噌汁を作っている姿を拝まなければいけない。頑張って和食を作ってくれるのは嬉《うれ》しいけれど、いかんせん、日本人の味覚ではないので、どうしてもエキゾチックな味付けになる。パパは、世界中で色んなものを口にしているから、「美味《うま》い美味い」と文句を言わずに食べている。箸《はし》が進まないぼくを見て、「七海も、アラスカの《キビャック》を食べたら、どんな料理でも美味しく感じるようになるさ。アザラシの腹の中に何百羽もの海鳥を詰め込んで、そのまま土の中に数年間埋めて発酵させるんだぞ。

食べ方は、アザラシの腹から取り出した海鳥の肛門に口をつけて、ドロドロになった内臓をすするんだよ。慣れたら結構クセになる味だけどな」と言う。

食事中にそんな話をされたら、余計に食欲がなくなるのがわからないのだろうか。それに、いずればくがアラスカに行くことを断定しているかのような話し方もやめて欲しい。

さて、《モンテカルロ》でのマルガリータ人気は過熱し、とうとう先日、関西ローカルのテレビが取材に来ることになった。夕方の情報番組で、しかも生放送だ。

一応、義母の晴れ舞台ではあるから、放課後に桃太郎とツネオを家に呼んで、放送を観ることになった。

若手のお笑い芸人がリポーターで、《モンテカルロ》でのマルガリータの仕事ぶりを紹介していたのだけれど、画面の端に気になるものが映っていた。

「おい、七海の父ちゃんがゲームしてるぞ」

桃太郎が、UFOキャッチャーに夢中になっている男を指した。背中を向けているので顔は見えない。

「他人の空似だろ」ぼくは笑って誤魔化し、チャンネルを替えようとした。

しかし、桃太郎が素早くリモコンを奪い、替えさせてくれない。

「インディ・ジョーンズみたいな格好をしてる奴なんて、他にはおらんって。ツネオもそう思うやろ？」

ツネオが、無表情のまま、ずり下がったメガネを指で上げ、コクリと頷《うなず》く。

そのうち、パパがＵＦＯキャッチャーの機械をバンバンと叩きはじめた。どうやら、ゲットできそうだったぬいぐるみが、ポロリと落ちてしまったらしい。

若手のお笑い芸人が、ここぞとばかりにパパにマイクを向けた。カメラが寄って、パパの顔がどアップになる。

「惜しかったですねえ。このゲームセンターには、よく遊びに来られるんですか」

余計なことを訊《き》かないでよ。平日の夕方に、大の男が突拍子もない格好をしてＵＦＯキャッチャーをやっているのだ。少しは察してくれてもいいじゃん。

「毎日、来ているよ。《モンテカルロ》は最高だ」パパが、ニヤニヤとしながら答える。久しぶりのテレビだから嬉しくてしょうがないって顔だ。

「七海の父ちゃん、鼻の下伸びてるなあ」さっそく、桃太郎がからかってきた。「でも、テレビ慣れしてるやん。昔は、ＣＭとかに出まくってたんやろ」

信じられないが、ぼくが生まれる前、パパは全国的な人気者だった。パパが焼酎で酔っ払ったときの口癖は、「俺はサモ・ハン・キンポーと共演した男だぞ」だ。どうやら、清涼飲料水か何かのＣＭで共演したらしい。ぼくが「誰それ？」と訊くと、「ジャッキー・チェンの兄貴的存在で、香港映画界のレジェンドだ」と胸を張って威張っていた。ぼくのアパートのリビングには、サモ・ハン・キンポー（ただの太ったおじさんにしか見えない）とパパが、笑顔でガッチリ握手をしている写真が飾られている。お願いだから、自分の部屋に移動して欲しい。

「毎日ですか。それは凄いですね」若手のお笑い芸人がパパに食いついた。「やはり、マルガリータさんがお目当てですか」

「違う。この海賊猫のぬいぐるみが目的だ」パパはUFOキャッチャーを指して悔しそうな顔をした。「二週間前から狙っているのだが、あと一歩のところで逃してしまう。今日も朝の十一時から挑んでいるんだ」

「はあ……朝からですか」リポーターの表情が曇る。さすがにパパが普通ではないと気がついたようだ。

「マルガリータ、金をくれ。小銭を全部使ってしまった。しぶといぜ、この海賊猫は」パパが堂々と生放送中に金をせびった。

「はい、ダーリン。気張らなアカンで」マルガリータも素直に小遣いを渡す。

「ダーリン？　もしかして……」若手のお笑い芸人が、困惑した顔でマルガリータに訊いた。

「そう。ウチの素敵なダンナさんや。ごっつい愛してるねん。ダンナさん、ワールドクラスの冒険家やねんで」

「ぼ、冒険家？」お笑い芸人が、眉をひそめてパパを見た。

「さあ、来い！　観念しやがれ！　この戦いに終止符を打ってやるぜ！」パパはUFOキャッチャーにかじりついてクレーンを動かしている。

カメラも思わず、UFOキャッチャーに近づいた。クレーンのアームが、眼帯をしてバンダナを巻いている猫のぬいぐるみの耳を挟んで持ち上げる。

「あ、取れる」ツネオがボソリと呟《つぶや》いた。

そのとおりになった。アームが開くと、海賊猫は落とし口の穴へと潔く転がり落ちていく。

「やったぞ、マルガリータ！　とうとう憎き海賊猫を仕留めたぞ！」

「ダーリン！　めっちゃ、カッコええがな！」ガッツポーズをキメるパパに、マルガリータが抱きついた。

「お、おめでとうございます」

マイクを向けるお笑い芸人を無視して、二人は濃厚なキスをしはじめた。

「うわっ。思いっきりディープやんか」桃太郎があんぐりと口を開ける。

「し、舌が絡《から》まってる」ツネオの顔が真っ赤になった。

テレビの生放送で両親がディープキス。これで、確実に明日からのいじめがレベルアップするだろう。

「七海、見てるか！　パパはお前のために頑張ったぞ！」

ワールドカップを獲ったサッカー選手みたいにぬいぐるみを掲げるパパを見て、本気で家出をしてやろうと決意した。

4

その日の夜、呆気《あっけ》なく家出に失敗した。

ＪＲ新大阪駅の《みどりの窓口》で、東京行きか博多行きの新幹線のどっちに乗るか悩んでいるときに、駆けつけたパパに取り押さえられたのだ。

「どうして、ここがわかったの」ぼくはパパを睨みつけた。

「冒険家を舐めるな。お前の行動パターンなどお見通しだ」

「どうせ、桃太郎がチクったんだろ」

それしか考えられない。「絶対に誰にも言うなよ」と、桃太郎とツネオに念を押したけれど、たぶん、マルガリータに泣きつかれて白状したのだろう。マルガリータの胸の谷間に気を取られて思考回路を乱された二人の姿が目に浮かぶ。

「家に帰るぞ。冒険なら応援するが、家出は許さん」パパがぼくのリュックサックを摑《つか》み、《みどりの窓口》から引きずり出した。

「同じようなもんだろ」ぼくはリュックサックを背中から外し、パパと向かい合った。

「まったく違う。家出は、ただ逃げているだけだ。神聖なる冒険を冒瀆《ぼうとく》するな」

「じゃあ、パパも冒険しろよ。いつになったらするんだよ。毎日、ゲームセンターで時間を潰《つぶ》してるだけの無職のおっさんになってるじゃん」

「俺は死ぬまで冒険家だ。いつでも準備はできている。今は不景気のせいでスポンサーがつかないだけだ」

改札口で親子喧嘩をするぼくたちを、誰も気にも留めない。通行人たちはチラリと横目で見て、鼻で笑うだけだ。みんな、自分の人生に忙しくて、他人にかまっている暇などないのだろう。

「マルガリータに食わせてもらってるくせに、どこが冒険家なんだよ。完全なるヒモじゃないか」

「そういうお前も食わせてもらってるだろうが。パパだけを責めるんじゃない」

「はっ？　何言ってんの？　ぼくは小学生だろ」

「子供だからって甘えるな。パパはお前ぐらいの年で、自転車で日本一周をしたぞ。途中で補導されたがな」

パパと喧嘩をするのは久しぶりだ。最近は、ぼくが一方的に無視をしているから、言い合いもしていない。

「じゃあ、自転車を買ってよ。去年の誕生日に買ってくれる約束だったじゃん」

「お前の選ぶ自転車は高すぎるんだよ。ママチャリで充分だ。パパのやつを貸してやるから今すぐ日本一周してこい」

パパは口喧嘩が得意ではない。失踪したママにも、よくコテンパンにやられていた。形勢が悪くなると、いつも冒険の話にすり替えようとしてくる。

「ぼくが欲しいのは、クラスのみんなが乗ってるマウンテンバイクだってば。値段も普通だよ。桃太郎やツネオも持ってるしさ」

「マウンテンバイクでジャングルを突破できるか？　グリーンランドを横断できるか？　パパはな、犬ぞりで横断したんだぞ」

「知らないよ。全部、ぼくが生まれる前の話だろ？　ぼくはパパのカッコいい姿を見てないんだよ。ぼくにとったら、パパは冒険家なんかじゃない」

このひと言が効いた。パパは歯を食いしばり、額に血管を浮かべて怒りを堪《こら》えていた。

冒険家のパパになんて、戻らなくてもいい。年齢的にも金銭的にも不可能だとわかっている。今のどうしようもなくカッコ悪いパパから、普通のパパになってくれれば、それでぼくは満足なんだ。

「悔しかったら冒険してよ。それができないんだったら、ちゃんと働いて家族を養って」

「……わかった」パパはうなだれて、ガキ大将にやられた子供のようにトボトボと帰っていった。

少しだけ、スッキリした。すぐには仕事が見つからなくても、パパは生まれ変わってくれるかもしれない。

――だが、甘かった。ぼくのパパは江夏十蔵なのだ。反省なんてするわけがなく、逆に冒険家の血を蘇《よみがえ》らせる結果になった。

翌々週の日曜日――。

ぼくは、新淀川の堤防沿いに呼ばれた。

「七海、早く来いや！　お前の父ちゃんがすげえことしようとしてるで」電話をかけてきたのは桃太郎だった。

ぼくは嫌な予感を胸に、アパートの駐輪場へとダッシュした。

こんなときに限って、パパのママチャリがない。近所に住んでいるツネオにマウンテンバイクを借りようと電話をしたけど留守電になってしまう。

ぼくはゼイゼイ言いながら新淀川へと向かって走った。

桃太郎は、「スカイビルの裏辺りの堤防におるから」と、物凄くアバウトな指示をしてきた。梅田スカイビルのある新梅田シティは、ぼくの住んでいる福島区からは近い。なにわ筋に出て北へと上がっていけばすぐだ。足の速い奴なら五分もかからない。

ぼくは二十五分かかって新梅田シティの横を抜け、新十三大橋《しんじゅうそう》に近い堤防へと着いた。

「待っていたぞ。七海」

堤防の一番上にいるパパを見て、ぼくは腰を抜かしそうになった。とりあえず、バテバテだったので、その場にへたり込む。

「……その格好は何だよ」肩で息をしながら訊いた。

「見ればわかるだろ。〝鳥人間〟だ」

わかるわけねえだろ。怒鳴りつけようと思ったけれど、昼に食べた焼きそばが胃から逆流してきそうなのでやめた。

パパは戦に向かう武将のような面構《つらがま》えで、ママチャリにまたがっていた。工事現場のヘルメットを被《かぶ》り、背中にはハンググライダーのような大きな翼を背負っている。どうやら、翼はママチャリと連結しているらしく、ペダルを漕《こ》ぐと動く仕組みらしい。

しかも、パパの両サイドには桃太郎とツネオが立っているではないか。

「その装備、ツネオが作ったのか」

こんなメカニックなものをパパが作れるわけがない。

「設計はパパがした。細かいところはツネオ君に任せたが」

何をする気だ？　頼むからぼくの唯一（正確には二人だから唯二だ）の友達を巻き込まないでくれよ。

「桃太郎、それは何？」ぼくは桃太郎の手にあるハンディカムを指した。

「記録用やんか。父ちゃんに借りてきてん。江夏十蔵の復活をユーチューブに上げて盛り上げようや」

ぼくは溜め息を飲み込み、ハンドルを握り締める鳥人間を見た。鳥というよりは完全な不審者だ。

「……マジで飛ぶ気なの」

「ああ、羽ばたいてやる」

「飛べると思ってるの？」

「……気合いで飛んでやる」

不安そうな顔だ。本人も自信がないのだろう。息子に罵《のの》られて引っ込みがつかなくなったのだ。

「ひとつ訊いていい？　どうして、鳥人間なわけ」

「今のところ、これしか冒険を思いつかないからだ」

我慢していた溜め息が、思わず漏れた。失踪したママとそっくりな溜め息だと自分でも思う。

「来年の琵琶湖のコンテストに出て優勝したら、めっちゃ注目されるで。テレビにも映るし。この四人のチームで頑張ろうや」

なぜか、桃太郎が一番張り切っている。クラスメイトを見返したくて必死なのはわかるけれど、視野が狭くなりすぎだ。

周りが見えていないのは、桃太郎だけではなかった。さっきから、四人の後ろで警官がジッと見ていることに、誰も気づいていない。

警官が近づき、パパの肩を叩いた。「君たちは何をしとるんや」

「に、逃げろ！」

ずっと黙っていたツネオが、いきなり大声を出したものだから、パパはビクリと反応して、立ち漕ぎで堤防を下った。

「飛べ！　江夏十蔵！」桃太郎がハンディカムを構えながら叫ぶ。

パパは飛んだ。

三十センチほど。

そのままバランスを失い、散歩中の大型犬のリードに引っ掛かり激しく転倒した。

幸いパパは軽傷だったが（大型犬は無傷だ）、上下する翼を顎《あご》にモロに受けた警官は、脳《のう》震盪《しんとう》を起こして救急車で運ばれた。

パパは逮捕され、ヤフー！のトップニュースで《元冒険家、警官に暴行》と記事になった。


三日後、留置場から出てきたパパのもとに連絡が入った。

ある人物がパパの事件の報道を見て、冒険家として仕事を頼みたいと言ってきたのだ。

依頼人の名前は衣笠《きぬがさ》諭吉《ゆきち》。京都に住む超セレブな老人だった。ギャラは破格で、経費の制限もなし。夢のような依頼に、パパとマルガリータは抱き合って（もちろん、ディープキスも）喜んだ。

しかし、依頼内容はそんなに甘いものではなかった。というのも、依頼は、常識はずれの〝宝探し〟だったんだ。

これがぼくの最悪な冒険のはじまり。

そんな怪しい依頼、パパが一人でこなしてくれればよかったんだけど、運の悪いぼくは、これに巻き込まれることになる。実の母親が失踪しているというのに、どうして、宝探しなんかしなきゃいけないんだよ。

しかもこの冒険に桃太郎とツネオがくっついてきた。大の親友に、ぼくの格好悪い姿を晒《さら》しまくることになるのだ。

5

実は京都に住む老人の家には、ぼくもついていったんだ。

はっきり言って、行きたくなかった。トラブルメーカーのパパとはなるべく行動を共にしたくない。予想どおり、最悪の一泊二日だった。思い出すだけでも、頭痛と吐き気がする。

もし、パパの子供じゃなかったら？　毎朝、洗面台の鏡で自分の顔に問いかけている。何の害もない平凡な両親に育てられ、無難な人生を送れていれば、どれだけ幸せだったろうかと真剣に思う。ぼくだって、ほんとはもう少し無邪気な十一歳でいたいんだ。

ぼくのささやかな夢は、普通に生きることだ。

京都小旅行は、全然、普通じゃなかった。旅行のきっかけも酷かった。少し長くなるけど、ぼく自身の話をするので付き合って欲しい。

京都のセレブ老人、衣笠諭吉からパパに依頼が入った日――。

「リアル桃太郎やれや」

いじめ軍団のボスの平田則之《ひらたのりゆき》は、ぼくと桃太郎とツネオに、そう命令した。

「ははは、リアルって。平田君はおもろいな、ははは」桃太郎が、引《ひ》き攣《つ》った笑顔でご機嫌を取ろうとする。

「何を笑っとんじゃ、デブ太郎」平田が、桃太郎の胸を小突く。

桃太郎は、「うっ」と呻《うめ》いて大げさによろめいた。

平田の両隣にいる小池《こいけ》と大木《おおき》がゲラゲラと笑う。三人とも、ぼくらのひとつ上の六年生だ。

平田は、定規《じょうぎ》で測って作ったんじゃないかと思うほど、顔が五角形だ。身長は普通。筋肉がそんなにあるわけじゃないけど、幼稚園のころから少林寺拳法を習っているとかで喧嘩がバリバリに強い。休み時間のたびに、校庭にある遊具のタイヤに回し蹴りを叩き込むデモンストレーションに勤《いそ》しんでいる。陰のあだ名は、「恐怖のホームベース」だ。

小池は、たぶん六年生で一番身長が低い。チビなのには理由がある。幼稚園のころから器械体操のクラブに入っていて、筋肉をつけすぎて背が伸びていないのだ。とにかく、超人的にすばしっこい。休み時間のたびに、校庭でバク転やバク宙を披露する。顔は可愛らしいけど、気が短いので、陰では「獰猛《どうもう》なハムスター」と呼ばれている。

　大木は、小学校で一番背が高い。老け顔なので、ただのおっさんだ（髪型もなぜか七三にしている）。動きは鈍く、性格はクジラのように温和だ。喧嘩も弱い。しかし、その中年顔を生かし、父親の財布から拝借したＴＳＵＴＡＹＡの会員カードを使って、アダルトＤＶＤを借りることができるので、平田軍団では外せないメンバーとなっている。陰では「エロい巨人」と呼ばれていた。

　ぼくと桃太郎とツネオの三人は、平田軍団に目の敵《かたき》にされていた。いや、敵なんて上等なものじゃない。ただの玩具《おもちゃ》だ。

「早くリアル桃太郎やれや」

　平田が、片膝《かたひざ》をついている桃太郎の尻を蹴り上げた。桃太郎が、「ひんっ」と情けない悲鳴を上げる。

　絡まれた場所は、梅田のＴＳＵＴＡＹＡ。ぼくたちは、パパが延滞していたＤＶＤを返却しに行くところだった。普通の作品ならぼく一人で問題ないのだが、今回はそういうわけにはいかなかった。だってＤＶＤのタイトルが『淫ラーン・ジョーンズ』と『スター・ヌレック』と『エロー・ポッターとヴァギナガンの囚人』だよ。

小学生の息子に、エロDVDを返却させるなよ……。しかも、全部洋物じゃないか。情けなくて、泣きそうだった。

TSUTAYAの店員が通報して、ぼくが警察に補導されたら困るので、〝説明係〟として桃太郎とツネオに同行してもらっていた。

もし店員に何か言われたら、ぼくの父親、江夏十蔵は史上最低の男だと説明して欲しい。パパの最低っぷりを聞いたら、きっと警察も許してくれる。

桃太郎は最初、ついてきてくれと言われて面倒臭がっていたが、TSUTAYAの入り口まで来て、返却するDVDのラインナップを見た瞬間、「おい！　返す前にオレんちに持って帰って観ようぜ！」と大興奮した。しかし、その十秒後、エスカレーターから降りてくる平田軍団と鉢合わせになると、塩をかけられたナメクジみたいにしょんぼりと俯《うつむ》いたまま固まってしまった。

平田は、ぼくたちを見つけるなり、ニタリと嬉しそうに笑った。丘の上から羊の群れを発見した狼みたいに。

そこから、TSUTAYAの裏にある飲み屋街に連れ込まれ、「リアル桃太郎をやれ」という無理難題を強要されたというわけだ。

「リ、リ、リアルの定義を述べよ。か、か、簡潔に述べよ」

ツネオが、勇気を振り絞って必死の抵抗を試みる。だけれど、テンパっているので親友のぼくでも何を言いたいのかいまいちわからない。

「やかましい」

平田が、ツネオの頭を漫才師のツッコミのように鋭く叩く。それに合わせて、両隣の「獰猛なハムスター」と「エロい巨人」がゲラゲラと笑った。練習したかのような絶妙なタイミングだ。

くそっ。さほど面白くないのに、笑うんじゃねえよ。吉本新喜劇のサクラのおばちゃんかよ。

ぼくは、恐怖でちびりそうになっていたが、奥歯をギリギリと嚙んで平田軍団を睨みつけた。

昼間の飲み屋街は人通りが少なく、ぼくたちを助けてくれそうなヒーローが登場する気配はゼロだ。電線の上のカラスだけが、ぼくたちのピンチを眺めている。

いじめられるようになって、ぼくが学んだこと。

——現実は恐ろしく厳しい。

「説明しよう」平田が、またニタリと笑う。やたらと八重歯が大きいので五角形の顔をした狼に見えてきた。「リアル桃太郎とは、お前ら三人がリアルに桃太郎を演じることだ」

説明になってない。

このホームベース野郎の恐ろしいところは、喧嘩の強さじゃなく、底抜けに馬鹿なところだ。だから、加減がない。

「やっぱり、オレが桃太郎やんな……」桃太郎が自分を指す。

「当たり前やろ。他に誰がおんねん」平田が、桃太郎の二重顎を摑んだ。「桃太郎やから、ちゃんと桃を買えよ」

「桃？　どこで？」

「果物屋かスーパーで買えばええやんけ。犬と猿とキジに桃をあげて家来にせなあかんやろうが」

それは、〝きびだんご〟だよ、バカ。

だけれど、その場の誰もが訂正しなかった。力があれば、真実さえもねじ曲げてしまえるんだということを十一歳のぼくは学ぶ。

「わかった。買えばええんやろ。買えば」桃太郎が、口を尖《とが》らせながらも頷いた。小遣いが週に千円の桃太郎にすれば、痛い出費だ。

「お前は猿をやれ」平田がぼくの顔を指した。人差し指を鼻に近づけて威嚇《いかく》してくる。

くそっ。嚙みちぎってやりたい。その指を吐き出してカラスの餌《えさ》にしてやる。

「猿やねんから日本語しゃべんなよ」小池が調子に乗って口を挟んできた。「『キーキー』しか言ったらあかんぞ」

「小池、それおもろい」大木がうちわほどある手を叩いて喜んだ。

平田が、それを見てあからさまにムッとして「エロい巨人」を睨む。自分以外の人間がウケるのが我慢できないのだ。心の狭さは、いじめっ子に必須の才能だ。その点で、平田は神から与えられた素質を持っていると言える。

「特別に、『ウホウホ』も許してやろう」平田が、小池に続いてウケを狙った。

一瞬の間のあと、小池と大木がゲラゲラと笑う。彼らにも、ガキ大将の子分なりの気苦労があるのだ。

ウケたと勘違いした平田がたちどころに上機嫌になる。こうしたシンプルな精神構造もいじめっ子の大切な素質だ。

平田はツネオを指し、「お前はキジをやれ。どちらかと言えば鳥類の顔や。スペインの鳥やけどな」と命令した。

ツネオが懸命に首を振って拒否するが、認めてもらえるわけがない。

「平田君、犬はどうすんの」小池がおずおずと質問した。もしかしたら自分に役割が回ってくるのではと警戒しているのだろう。

「俺んちのオロチを使う。リアルやろ」

オロチとは、平田家で飼われている愛犬だ。名前はいかついけれど、人懐っこいメスの柴犬である。平田に脅された下級生が、頻繁に淀川の堤防沿いでオロチの散歩をさせられている。

「リアル桃太郎なんかさせてどうすんねん、そんなんして、おもろいか」桃太郎が、少し強気になって訊いた。

「梅田のオフィス街を練り歩け。それを俺らが撮影してユーチューブにアップしたるから。な、おもろいやろ」

平田軍団が、西部のガンマンのような動きで、ポケットからお揃いのスマートフォンを一斉に出して構える。

そんなことされたら、ぼくたちのいじめられている姿が世界中に公開されてしまうではないか。パパの生放送でのディープキスのあとに、息子のいじめが無料で見放題……。

絶対に、それだけは阻止せねばならない。

「これで勘弁してくれないかな」

ぼくは、交渉に出ることにした。返却する予定だったエロDVDを献上する。平田軍団の手に渡ってしまえば延滞金は無限に加算されるけど、背に腹はかえられない。そもそも、誰かさんがこんなものをぼくに押しつけなければ、平田軍団と遭遇することもなかったのだから。

だって、一人息子の危機を救うのは、父親の義務だろ。

「めっちゃええもんくれてありがとう」平田はとても喜んでくれた。「でも、それとこれとは話が別や。リアル桃太郎をやらなシバくぞ」

——理不尽、ここに極まれり。

ぼくの頭の奥で、何かがバチンと音を立てて切れた。いつもの〝発作〟だ。幼稚園のころからだろうか。普段は温和で論理的思考の持ち主だと自負しているぼくの感情が、突然ショートするときがある。

「わかったよ。その代わり、やるのはぼく一人だからな」ぼくは、一歩前に踏み出して宣言した。

「アホか。猿だけで桃太郎は成立せえへんやろ」平田が呆《あき》れる。

「リアルを求めているんだろ？　素っ裸で犬と一緒に梅田のオフィス街を散歩してやるよ。猿は服なんて着ないからな」

「や、やれるもんならやってみろや」

この提案にはさすがの平田も怯《ひる》んだ。別に桃太郎とツネオの二人を助けてあげようとしたわけじゃない。よくわからないドロドロとした溶岩みたいな熱いものが胸の奥底から込み上げてきたのだ。一度、このモードになると、思ったことを実行しないとおさまりがつかなくなる。もしかしたら、パパの〝冒険家の血〟をちょっとだけ引いているのかもしれない。

ぼくは、梅田のサラリーマンが溢《あふ》れる昼休みの時間帯に、平田の愛犬オロチを連れて白昼堂々とフルチンで散歩した。

どんな気分だったかって？　悔しいに決まってるじゃん。「こんな度胸があるなら、どうして、平田軍団に殴りかかっていかないんだよ」と自分を責めながら歩いたよ。泣いたしね。泣くもんかと思えば思うほど、涙って出てくるじゃん。泣き顔のアップを平田に撮られたよ。桃太郎とツネオは何もできずに、離れた場所からぼくを見守っていた。助けてくれなかったけど許す。だって、ぼくも逆の立場だったら、やっぱり平田軍団に殴りかかる勇気はない。

ぼくは即行で補導された。警察がすぐに来てくれたおかげで、あっという間に終われてラッキーだった。

ぼくを交番まで迎えにきたマルガリータは号泣して、その夜、珍しくパパを責めた。

「ダーリン、ちゃんと七海の側《そば》にいてあげて。明日、京都に仕事をもらいに行くんやろ？　それに連れていってあげて。たまには、親子水入らずで過ごして愛情を再確認しておいでや。これ、命令やで」

マルガリータは、言いだしたら聞かない。パパは正座してコクリと頷いた。

それにしても、フィリピン人の口から「水入らず」って言葉が出てくるのは笑える。そのあとの「愛情を再確認」も。その辺の日本人より、ボキャブラリーが豊富だ。さらに、マルガリータには照れがない。〝愛こそがすべて〟の人生を猛スピードで突き進んでいるから、日本人なら照れくさくて言えないこと（朝から晩までアイ・ラブ・ユー）を言い、できないこと（息子の前でディープキス）を平気でする。

失踪したママとは大違いだ。ママのことはあまり思い出したくないけれど、どうしても比べてしまう。

まあ、いい。ママのことはあとで話そう。

出発の朝、マルガリータは涙目になりながらぼくたちを見送った。

「お土産はいらんからね。《西利《にしり》》のお漬物なんて買ってこんでええからね。茄子《なす》ときゅうりの浅漬けはいらんからね」

パパが、ぼくの隣でボソリと呟いた。「七海、覚えておいてくれよ。忘れたら怖いぞ」

6

京都の夏は殺人的な暑さだ。

ＪＲ京都駅で新快速列車を降りたぼくとパパは、蒸し風呂のような熱気に早くも溶けそうになった。

「一刻も早くガリガリ君を探せ。干からびてしまうぞ」

パパは、砂漠を彷徨《さまよ》う遭難者のような足取りでフラフラと改札口へと向かう。

梅田の夏も酷い。とくに高層ビルの建ち並ぶオフィス街を歩くと、ヒート何とか現象で蜃《しん》気楼《きろう》が見えるぐらいだ（昨日はフルチンでも汗だくになった）。だけど、京都には負ける。生ぬるい空気がずっと顔の前から動かない独特の感じ。京都は湿地帯を開拓してできた盆地だから、湿度が高くて風が回らないんだとツネオが得意げに語っていたのを思い出す。

「お待ちしておりました。江夏十蔵様」

改札の中央口を出たところで、黒いスーツを着た、見るからにマッチョな男が立っていた。スーパーヒーローが変身するときみたいに、スーツが今にも弾《はじ》けて破けそうだった。顔までムキムキに筋肉がついて、かなりいかつい。三十歳はゆうに超えているはずなのに、高校球児みたいな丸刈りにしている。

「もしかして、衣笠諭吉さんの使いかな」パパが、男の顔を覗《のぞ》き込む。

こんな怖そうな人間に何の警戒心も持たず近づくパパは、ある意味凄い。さすが、カメルーンの遺跡を探検中に野生のゴリラに遭遇したとき、記念写真を撮ってきちゃうだけのことはある。パパは、「ゴリラはとても優しい動物なんだ。ストレスに弱くて、すぐに下痢しちゃうぐらいの神経質な一面もある」と言って、ゴリラとのツーショットの写真を見せてくれた。にこやかに笑うパパの横で、ゴリラは非常に迷惑そうな顔で写っていた。ゴリラさえも困らす男、それが江夏十蔵である。

「はい。お荷物をお預かりします」男が、パパとぼくのリュックサックに手を伸ばす。

「お、お願いします」ぼくは、反射的にリュックサックを肩から降ろそうとした。

「ダメだ。七海」パパがぼくの腕を摑んだ。「冒険家が自分の荷物を他人に預けるな。命取りになるぞ」

ぼくは冒険家じゃないってば。ごく普通の小学五年生だってば。リュックを渡したぐらいで死んだら、命がいくつあっても足りないよ。

「それではお車をご用意しておりますので、こちらへどうぞ」

男の案内で、駅の近くにあるコインパーキングへと移動した。４ＷＤの銀色のベンツが停まっていた。ジープみたいな形をした高級車だ。

「あらま、メルセデス・ベンツGクラスじゃん」

パパが口笛を吹き、助手席に乗り込んだ。ぼくは後部座席だ。

男の運転で、衣笠諭吉の屋敷へと出発した。ぼくらを乗せた銀色ベンツが、烏丸通《からすまどおり》を北へと上がっていく。

「衣笠さん家《ち》はどこにあるの」パパが、ハンドルを握る男に訊いた。

「宝ヶ池でございます」

さっきから、男のバカ丁寧な口調が怖い。外見とギャップがありすぎる。

「あ、そう」パパが耳の穴をほじくりながら返す。ぼくは、京都にはそんなに来たことがないので、宝ヶ池がどこにあるのかいまいちピンとこない。

「君、名前はなんていうの」パパが、続けて男に質問した。

「目黒《めぐろ》です」

「年はいくつ?」

「二十五です」男が機械的に答える。

もっと上だと思っていたから驚いた。世の他の二十五歳と比べて、あまりにも貫禄《かんろく》がありすぎる。

「目黒君、相当な修羅場を潜ってきただろ。俺ほどじゃないと思うけど」

「いえ、そんなことはございません」

「嘘つけ。この筋肉で何を言ってるんだよ」

そう言ってパパは、運転中の目黒の右肩をグーで殴った。目黒は微動だにせず、逆にパパの手首がグニャリと曲がる。

「痛い！　何すんだよ、捻挫《ねんざ》したじゃねえか！」

自分で殴っておいて、勝手なものだ。

「すいません」何もしていない目黒が律儀に謝る。

「パパ、やめてよ。運転中なんだから」ぼくは思わず注意した。

相手が誰であっても態度を変えないのがパパの特徴だ。たとえ言葉が通じなくても、すぐに仲良くなってしまう。日本人にはどん引きされることが多いが、(本人は煙たがられていることにまったく気づいていない)。

「目黒君は運転手というより、衣笠さんのボディガードだな。どうだ？　ずばり、そうだろ」

「ご想像にお任せします」目黒は、表情を変えずに言った。

パパには負けるけれど、この目黒という男も相当変わり者みたいだ。どうして、ぼくの周りにはまともじゃない大人ばかり集まってくるのだろうか。

「おっ、コンビニ発見。目黒、停めて」早くも、呼び捨てにしている。

「はい？」目黒が慌ててブレーキを踏んだ。

車が停まった瞬間、パパは助手席から飛び出してコンビニへと走っていった。その様子を目黒が眉をひそめて見ている。

「すいません。ガリガリ君を買いに行きました」

パパの代わりに、ぼくは咄嗟《とっさ》に謝った。


約三十分後、衣笠諭吉の屋敷に着いた。

ここに来るまで、銀色ベンツの乗り心地は最高だったし、京都御所や賀茂川や北山などの景色を見るのも楽しかった。

でも、助手席でパパが延々と語り続ける武勇伝（自慢）には、ノイローゼになりそうだった。パパは相槌《あいづち》を打つだけの目黒に、いかに自分が優れた冒険家なのかをこと細かに説明した。洞窟で巨大な吸血コウモリに襲われた話や、オーストラリアでワニに嚙みつかれそうになった話。あと、お約束のアマゾン河を筏で下った大冒険。もう、何十回も聞かされているし、聞くたびに話が大きくなっている。これが本当なら、パパの人生がハリウッドで映画化

（しかも、三部作で）されそうな勢いだ。

こういうときのパパが一番嫌いだ。過去の栄光にすがり、己の存在価値を無理やり作ろうとしている。はっきり言って、今のパパは粗大ゴミ以下の存在だ。粗大ゴミは、業者に引き取りに来てもらえば家から消えてくれる。でも、パパは消えない。粗大ゴミのほうがマシだ。

消えたのはママだ。パパがいる限り、これからもぼくの大切なものが消えていく。

着いたと言われたが、まだ屋敷は見えなかった。生い茂った竹林の横にある、空き地にしか見えない駐車場に車を停めただけだ。目の前には山。後ろにも山。辺りに民家はない。アブラゼミが、これでもかとばかりに大合唱をしている。

「足元に気をつけてください」

目黒が先頭に立って、竹林を進んでいく。一応、申し訳程度のけもの道がある。ぼく、パパの順でついていった。竹林の中に入ると少しは涼しい。

「本当に、こんな場所に家があるの」前を歩く異様に肩幅の広い背中に向かって、ぼくは訊いた。

とてもじゃないけれど、屋敷がある雰囲気じゃない。その辺に、ポンと死体でも転がってそうだ。

「衣笠様は世捨て人《びと》ですから」目黒が、ぼくにも敬語で答える。

「あっちい……。ガリガリ君が食べたい」

背後で、パパが早くも音《ね》を上げだした。

少しは我慢しろよ。車の中で、ぼくの分のガリガリ君まで食べたくせに。

「そんな根性で、よくジャングルを突破できたね」ぼくは、嫌味たっぷりに言った。

南米、東南アジア、アフリカ、オーストラリアと、パパは世界中のジャングルを探検してきた。巨大なヒルや底なし沼や伝染病と闘ってきた男が、どうして、これぐらいの竹林が我慢できないのか。

「あっちは仕事だからな」

「こっちも仕事じゃん」

「それもそうだな」パパが、思い出したかのように笑う。

パパは、これしきのことじゃモチベーションが上がらないのだ。たしかに、今回、冒険家として仕事の依頼があったのは喜んでいる。でも、常に命の危険と隣合わせなぐらいでないと、この人はヒリヒリしない。完全な冒険ジャンキーだ。

「世間から注目されなきゃ燃えないんでしょ？」

「それもある。あのころは世界中が俺の次なる冒険を待ち望んでいたからな。テレビクルーが同行したこともあったし」

はいはい、そうですか。調子に乗って、また武勇伝を語りだされてもウザいので、ぼくは黙って目黒のあとを歩いた。全身から汗が噴き出す。車の中がクーラーでキンキンに冷えていた分、外との温度差が激しくて目眩《めまい》がする。けれども、目黒は汗ひとつかいていなかった。お葬式に向かうような黒いスーツ姿なのに、ずっと表情を崩さない。髪型といい、まるで修行僧みたいな佇《たたず》まいだ。

なだらかとは言えない斜面の山肌が見えてきたところで、目黒が立ち止まった。「この上に、衣笠様が住んでおられます」

とてつもなく長い石段がある。こんなところに住むなんて信じられない。買物とか郵便とかどうするのだろう。ぼくは、白い鬚《ひげ》を生やした仙人みたいな老人と、「まんが日本昔ばなし」に出てきそうなオンボロ屋敷を想像した。

「マジかよ……」絶望的な目で、パパが石段を見上げた。

「マジです」目黒が生真面目に答え、大股で石段を上りはじめる。三段抜かしだ。

ぼくとパパは顔を見合わせた。二人とも、額から滝のような汗が流れ落ちている。パパはバテバテの犬のように舌を出し、グロッキー寸前だ。

「帰ろうか」パパが、声をひそめて言った。

「何のためにここに来たんだよ。冒険家として復活できるんだよ？」一応、励ます。

「今さらまともな冒険なんてできるわけないんだよ」パパが投げやりに言った。

なぜか、ぼくの胸が痛くなった。パパには何も期待してないはずなのに。

ぼくはパパを無視して、石段を上がった。鼻の奥がツンとして泣きそうになってくる。ちくしょう。ここまで来て、何言ってんだよ。無理やり付き合わされてるぼくの身にもなれ。

マルガリータを恨む。一泊二日の旅行をしたぐらいで、親子の愛情を再確認できるわけがない。余計に憎しみが増すだけだ。いや、最近は憎しみを通り越して、〝諦《あきら》め〟しか感じない。

願いはひとつ。頼むから、ぼくの視界から消えてくれ。


やっとの思いで石段を上りきると、そこには驚くべき光景があった。

山を切り開いてできた、だだっ広い空間に、ハリウッドセレブが住んでいそうな、白くてお洒落《しゃれ》で巨大な豪邸がそびえ立っていた。プールまであるではないか。ステレオを隠しているのか、どこからか、ノリのいいブラック・ミュージックが流れてくる。周りに京都の山がなければ、ロサンゼルスのビバリーヒルズに迷い込んだと錯覚しても許されるだろう。そして、何よりもびっくりしたのは、豪邸の横の空き地に、ヘリコプターが停まっていることだ。

なるほど、買物はこれで行くのか……。いや、これで買物に出ても、一体どこに停めるんだ？　さっぱりわからない。

有無を言わせない、スケールの違う金持ちだ。ぼくのあとから遅れて石段を上ってきたパパも、さすがに目を丸くする。「やったな、七海。ギャラをいくらでもふっかけられるぞ。これはいい。俺も昔はヘリコプターで……」

ここまできても、また自慢話がはじまるのかとうんざりしかけたとき、突如、プールの底から、水中メガネをかけた海坊主が浮かび上がってきた。

「遠いところをご苦労はん」

ぼくたちに向かって、にこやかに手を振る。

「あの方が、衣笠諭吉様です」目黒が紹介した。

パパが、手を振り返しながら、目黒に訊いた。「ずいぶんと元気な爺ちゃんだな。何歳なんだ？」

「今年の秋で、七十七歳になられます」

プールサイドに上がってきた衣笠の体を見て、ぼくはあんぐりと口を開けた。もうすぐ八十歳になるとは思えない超健康的な体つきだ。多少皮膚はたるんでいるが、小麦色に焼けてるし、余分な脂肪がない。水泳パンツも競泳用のブーメランだ。よほど、日頃からエクササイズを丹念にやってるんだろう。十二年間冒険をしていないブランクで、ぽっこりと腹が出てきたパパとは大違いだ。

衣笠は水中メガネを取り、真っ白な歯を見せて笑った。仏像のような穏やかな目が印象的だ。

「さあ、宝探しの話をしよか」

7

「わしの〝宝〟を探し出してくれんか」

優しそうに見えた衣笠の眼光が、いきなり鋭くなる。

ぼくは思わず目を逸らして、手元のカルピスを見た。目黒が入れてきてくれたものだ。これだけ広い家なのに、お手伝いさんはいないのだろうか。

衣笠邸のリビング――。真っ白な壁。白いタイルの床。ぼくたちが座っているソファまで白い。衣笠は白いバスローブを羽織り、ソファには座らずバランスボールに腰掛けている。

目黒は衣笠の後ろにある白いカウンターの横に、直立不動で控えている。

「なるほど。それは俺の得意分野です」パパがカルピスをひと口飲み、シャキンと背筋を伸ばした。「ところで、宝とはどういった物でしょう。金塊とか美術品とかですかね」

「そんなウンコみたいなもんと、わしの〝宝〟を並べるな」衣笠が叱りつけるように言った。

「はあ」パパは怯むわけでもなく、間抜けな顔で相槌を打つ。

「どんな美しい美術品も〝風子《ふうこ》〟には敵わんわい」

「……人間ですか？」

「衣笠風子。わしの孫娘や。わけあって行方不明になっとる」

衣笠が体を捻って、目黒を見る。目黒がカウンターの上から、大きめの封筒を持ってきて衣笠に渡した。

「これが風子や」衣笠が封筒の中から写真の束を出し、ローテーブルに並べはじめた。「じっくりと見てくれ。ベッピンさんやろ」

ぼくは、目の前の一枚を手に取った。体育祭のリレーの写真だった。体操服姿のショートカットの女の子がバトンを持って走っている。しなやかなフォーム。歯を食いしばっている横顔。凜々《りり》しい目で、ゴールを睨みつけている。

その瞬間、ぼくは息ができなくなった。顔面がカッと熱くなる。

目が離せない。手が震えるので写真をテーブルに戻した。衣笠と目黒にじっと見られている気がして、ぼくは慌ててカルピスを飲んで誤魔化した。甘酸っぱい味が口の中に広がる。

これが、俗に言うひと目惚れってやつなのか？　写真だけで？　もっと可愛い子を、雑誌のグラビアやテレビで、いくらでも見てるのに？

もうひと口カルピスを喉《のど》の奥に流し込んで、気分を落ち着かせようとした。でも、心臓はぶっ壊れたみたいに、ドックンドックンと鳴っている。パニックになっていることをパパにだけは気づかれたくない。ぼくは、息をひそめて他の写真を眺めた。

文化祭やキャンプ、ピアノの発表会や家族とのハワイ旅行、各種イベントの写真が揃っている。どの写真の風子も笑顔だ。

不思議と、笑顔だとぼくの心は反応しなかった。美少女なのは認めるけど、特別な感じはしない。体育祭での全力疾走してる写真だけが、ぼくをおかしくさせるのだ。

「風子ちゃんの年はいくつですか」パパが、砂浜でピースをしている風子の写真を見ながら言った。

「十四歳。中学二年生や」

「もしかして、家出ですか」

「よくわかったな」衣笠が、苦虫を嚙み潰したような顔で頷いた。

「俺も初めて家出をしたのが十四歳のときなんです。横浜に来ていた外国の船に乗り込んで船底に隠れてたんですよ。船長に発見されなかったらポルトガルに行ってたとこでした」

そう言ったあと、パパが得意げな顔でチラリとぼくを見る。

何の自慢だよ？　ぼくの家出は止めたくせにさ。思いきり睨み返してやりたいけど、今は仕事の場だ。我慢してやる。

「風子が家出すんのは、これが初めてやない。もう五回目や。いつも、一週間ぐらいしたら、ふらりと帰ってくるもんやから、捜索願を出すたびに肩身が狭くなるねん。ほんで、さすがに今回は警察に連絡するのはやめたんや」

この子が家出？　写真を見る限りでは、グレた女の子にはまったく見えない。風貌だけなら、生徒会にでも入ってそうな〝活発女子〟である。

「今までの家出のときは、風子ちゃんはどこに行ってたんですか」パパが質問を続けた。

「毎回バラバラや。東京観光に行ってたり、福岡にトンコツラーメン食べに行ったり、好き勝手にフラフラしよる」

「中学生で、よくそんなお金がありますね」

「……わしのせいでもあるねん」衣笠が、気まずそうに言った。「風子の奴、わしがあげたお年玉や小遣いを小学校のときからへソクリしとるんや」

こんなリッチなお爺ちゃんからのお年玉？　一体、いくら貰《もら》えるんだろう。

「とても、自由奔放な子なんですね」

「母親がかなり甘やかしてるからな。今回も『どうせ戻ってくるわよ』ってわしに任せっぱなしや」

「父親は何も言わないんですか」

「母子家庭や。わしの娘は、どこぞの馬の骨かわからん奴の子を孕《はら》んできよった」

ぼくと逆で、父親がいないのか……。でも、この子の場合は生まれたときからだ。ぼくのママは去年までは家にいた。寂しいのだろうか。それとも、それが当たり前だから平気なのか。

「風子ちゃんが家出をしたのはいつですか」

「五日前だ」

「では、あと二日もすれば帰ってくるかもしれませんね」

衣笠が、静かに首を振った。「今回は帰ってこうへん気がする。嫌な予感がするんや。虫の知らせやな」

「単なる勘だと？」

パパがそう言うと、衣笠がリビングをゆっくりと見回し、言った。

「その〝勘〟がなければ、商売は成功せえへんかった。わしかて嫌な予感なぞ信じたくない。でも、勘が働いてしまったからには従わなあかんのよ」

こんな豪邸でそう言われたら、ぐうの音も出ない。

「衣笠さんのご商売は何ですか」パパが、ずけずけと訊く。

衣笠が、ふと笑みを漏らす。「博打《ばくち》打ちや」

バクチ？　ギャンブルで稼いだってわけ？　で、こんな豪邸ができちゃうの？

「株ですか」

衣笠が頷く。「それだけやない。色んなもんに投資してきた。今は隠居の身になってもうたけどな」

よくわからないけど凄い。世界中を飛び回ったあげく貧乏になったパパとは、雲泥の差だ。

「わかりました。衣笠さんの勘を信じます。風子ちゃんが、今回の家出で危険な目に遭うかもしれないと思ってるんですね。なるほど、そんな勘で警察は動きませんからね」

衣笠が、深く刻み込まれた額の皺《しわ》を指でなぞった。目を閉じて、勘を働かせているのか。

「もしかすると、今回の家出には、何か違う目的があるのかもしれん。風子の部屋を見たんやけどな。気配が残ってへんねん。またこの部屋に戻ってくるという気、みたいなもんや。それがなかったんよ。風子は、覚悟を背負って〝出て〟いきよったんやと思うわ」

「風子ちゃんは、もう戻ってはこないんじゃないかと？」

衣笠が舌打ちをする。「今までの家出はフェイクや。母親に〝家出慣れ〟させたんや。慣れさせて、すぐに警察を呼ばんように仕込んだんや」

老人は怒っているのだけど、なんだか嬉しそうでもある。孫が母親を出し抜いたのが、愉快なんだろうか。

「母親……つまり娘さんは、衣笠さんの勘を信じてくれないんだ」

「それどころか、『風子の家出癖は父親の血を引いたから』と責任逃れを言いだす始末や。そのとき、タイミングよくテレビにお前が映った」衣笠が、パパの顔を指した。「わしの娘は何て言ったと思う？」

ぼくは、勘は鋭いほうではない。でも、とてつもなく嫌な予感がした。

「さあ？　想像もつきません」

「娘は、テレビのニュースで報道されるお前を指して、『コイツが風子の父親よ。十五年前、妊娠していた私を捨てたの』と叫んだんや」

パパが、ポカンと口を開けた。

「マジ？」

「大マジや」

静まり返るリビング。窓の外から蟬の鳴き声が聞こえてくる。

いつの間にか、目黒がパパの背後に立っていた。

「今日のところは、一旦、持ちかえっていいかな」

ソファから立ち上がろうとするパパの両肩を目黒が押さえつけた。ズシリとパパの尻が沈み込むのが、ぼくの尻に伝わってくる。

「金はいくら使ってもかまへん」衣笠が、キャッシュカードを指で飛ばし、テーブルに滑らせる。「暗証番号は目黒に教えてもらえ」

「あの……まだ、引き受けるとは言ってないけど」

「父親としての責任を果たさんかい」衣笠が目を見開く。

「俺の子供だと決まったわけじゃないだろ！　DNA鑑定でもしたのかよ？　む、娘さんの名前を教えてくれよ」

「衣笠かなえ、や」

パパが安堵《あんど》の表情を見せる。「残念ですが、勘違いのようですね。俺は、そのような名前の女性と付き合ったことはありません。て、会ったこともないし」

「かなえは、昔、女優をやっとった。《笠原《かさはら》かな子》という名前は覚えてるか」

パパの顔が地蔵のように固まった。「その名前なら……」

……間違いない。昔、パパが遊んだ芸能人の一人だ。

ショックというより、混乱した。て、いうことは、ぼくがひと目惚れをした衣笠風子は、ぼくの腹違いのお姉ちゃんてことだ。失恋までのスピード記録で、ギネスに載れるんじゃないだろうか。

「親にとって、子供は〝宝〟やろ」衣笠が、バランスボールから立ち上がり、パパを見下ろす。

パパは、目黒に押さえつけられながら、コクリと頷いた。

「はい。気合いを入れて探します」

8

そして、ぼくは途方に暮れた。

蒸し暑い京都の午後、長い長い石段を下りながらね。衣笠諭吉と運転手兼ボディガード（兼家政婦？）の目黒とは、屋敷の玄関で別れた。

心臓が震えるほどのこの気持ち。なのにこれをどこにぶつければいいかわからない。

ぼくは、まだ会ったことのない姉に、恋をしてしまった。写真を見ただけで、全身が無重力空間に放り出されたみたいにフワフワしてんのに、もしご対面しちゃったらどうなっちゃうんだよ。

初恋ってこんな感じ？　体がモゾモゾして石段を転げ落ちたくなるのって、合ってる？
でも、どんだけ激しく落ちてもケガしそうにない無敵な感覚って、合ってる？
竹林から、かぐや姫が百人ぐらい飛び出してきて祝福のレゲエダンスを踊りだしそうだ。
何言っててんだろ、ぼく？　ヤバいよ、マジで。衣笠風子の全力疾走の写真を思い返すと、頭と胸とチンチンが熱くなってくる。

だから、姉ちゃんだってば！　十一歳で変態の道のりを歩みはじめてどうすんの！

「らーぶ、いず、おーばー」ぼくの後ろから石段を下りてきているパパが唐突に外れた調子で歌いだした。「悲しいけーれど、終りにしよーう、きりがないからー」

無視することができず、ぼくは振り返ってパパを睨みつけた。

「その歌、何？」

「欧陽菲菲だ」

「おうやんふぃーふぃー？」

「ラヴ・イズ・オーヴァーっていう名曲だ。お前もいずれスナックで歌うことになるんだから今のうちに覚えておけよ」

「スナックに行かないし、歌わないよ！」

大きな声を出しすぎて、こめかみの血管が切れそうになった。京都の山に、ぼくの「歌わないよ！」が木霊《こだま》する。

「どうした、突然？　何か嫌なことでもあったのか」

はあ？　ぼくは呆れ返って、すかしっ屁のような溜め息を漏らした。

「ほんの五分前に、人生が崩壊するほどの重大な事実が発覚したじゃん」

パパが両手を腰に置いて胸を張り、堂々と言った。

「心配するな。パパの人生はこれしきのことで崩壊しない」

「ぼくの人生だよ」

もう嫌だ。これ以上、パパの息子でいるのは無理だ。たしかに、砂漠でサソリに刺されても病院に行かず（と言うか、パパは病院があるような場所を冒険しない）、自力で治すパパからすれば、自分の子供がもう一人現れたぐらいでは、さほどダメージはないのだろう。

ぼくは、石段を三段飛ばしで下りた。パパを振り切り、ついでに衣笠風子のことも忘れてしまおう。勝手にパパが探せばいいし、手伝わない。一人で梅田に帰ってやる。

「おい、七海！　走ったら危ねえぞ！」

うるさい。絶対に止まるもんか。

頭に血が昇っていて、自分の運動神経のなさを忘れていた。勢いがつきすぎて足の回転が加速する。三段飛ばしが五段飛ばしになり、ぼくは宮崎駿の映画に出てくるキャラクターの如《ごと》く石段を駆け下りる。

マズい。こりゃ、大ケガをするパターンだ。石段は、まだ三分の一は残っている。このまじゃ、鎖骨かアバラかどこかの骨が折れるってば。

バランスが崩れ、いよいよ転げ落ちるまで秒読みの段階になったとき、竹林の中から一人の男が現れた。黄色と緑のジャージを着て、手には紙袋を持っている。

「そこのお兄さん、助けてやって！」パパが後方から叫ぶ。

ジャージのお兄さんは、顔を上げてギョッとした表情を見せた。ぼくは、スピードに乗っていた。ジャージのお兄さんが、紙袋をさっと投げ捨て、石段の真下に駆け寄り両腕を広げる。

「七海、コケる前に跳べ！」

パパの声に体が反応した。右足で強く石段を蹴る。

体がふわりと浮いた瞬間、懐しい記憶が走馬灯のように浮かんだ。

えっ？　ぼく死ぬの？

ママの記憶——。

カレーを作るとき、玉ねぎを切って涙が出るのが嫌だからと、いつもぼくの水中メガネをつけて包丁を使っていた。

鳩《はと》が大嫌いで、公園の鳩の大群に囲まれたときは本気で泣いていた。ぼくとパパはその姿を見て大笑いした。

茶碗蒸しに目がなく、回転ずし屋さんに行ったときは、子供みたいに嬉しそうな顔で必ず三つは食べていた。

ていうか、ママ、一体どこにいるんだよ――。


走馬灯が駆け巡ったそのとき、ジャージのお兄さんが、ぼくをキャッチしてくれた。

もっと、ガツンと衝撃があるかと思って体を固くしたけれど、信じられないぐらい柔らかく包まれたような感覚だった。

お兄さんは、ぼくを受け止めながらも勢いに逆らわず、そのまま地面に優しく転がったのだ。

「大丈夫？　ケガはない？」

ジャージのお兄さんは、ぼくの下敷きになりながら訊いた。

「む、無傷です」ぼくは慌てて、体を起こした。「あ、ありがとうございます」

まだ膝がガクガクして、平衡感覚が狂っている。尻もちをついて、地面に座りたいけれど、あとでパパにバカにされそうだから、何とか堪《こら》えてみせる。

「そうか。良かった」

何事もなかったように、ジャージのお兄さんがすっくと立ち上がる。体がデカいのに身のこなしが異様に軽い。もしかして、スポーツ選手なのだろうか。

年齢は二十代の後半に見える。サラサラの爽《さわ》やかヘアーに、日に焼けた小麦色の肌。身長はゆうに百八十五センチ以上はある。顔はやたらと細長く、ハンサムなキリンみたいだ。

「元気がいいな。でも、階段は歩いて下りたほうがいいぞ」ニコリと笑うと白い歯が眩しい。

「ナイスジャンプだったぞ、七海」パパが呑気《のんき》な声で下りてきた。「お兄さんもナイスキャッチ。やるねえ」

まずはお礼を言えよ。一人息子の危機を救ってもらったんだからさ。

「仕事柄、キャッチングには慣れてますから」

やっぱり、スポーツ選手なのか。

「ほら、七海！　お礼を言ったのか」

パパが首根っこを摑み、無理やり頭を下げさせた。

「言ったよ」

「男の子はわんぱくが一番ですよ。何かスポーツはやってるのかい？」

「何もやってないんだよな。俺に似てなくて運動音痴だから」パパが勝手に答える。

「もったいない。いい反射神経を持ってるのに」ジャージのお兄さんは、そう言って、石段を上ろうとした。

反射神経がいい？　そんなことを言われたのは初めてだ。

「お兄さんも衣笠の爺さんに用事があるのか」パパが訊いた。

「衣笠諭吉さんのお知り合いの方ですか」

逆にそう訊き返され、パパは胸を張った。

「おう。仕事仲間であり親戚だ」

よく言うよ。パパ、衣笠諭吉の顔を見ていなかったの？　あの目は仲間を見る目じゃなかったし、それ以前に親戚として認めてもらえるわけないじゃん。

江夏十蔵は空気を読まない。「冒険中に人の気持ちなんてイチイチ考えてたら、自分の命を落としてしまうだろ」が口癖だ。常に自分の気持ちを最優先で行動する。家族の気持ちすら考えない。

「ご親戚の方ですか」ジャージのお兄さんが顔色を変えて、上りかけた石段から下りてきた。

「初めまして。志村《しむら》といいます」

「江夏十蔵だ。よろしく」

パパがなれなれしくハグをしようとする。志村さんは戸惑いながらも両手を広げてパパを迎え入れた。

ぼくは、パパのこの習慣も好きじゃない。嫌いというよりは見てるこっちが恥ずかしくなってしまう。「ここは日本だってば！」と言いたくなる。パパは、初対面の人（男女を問わず）でもすぐに抱き締めにかかり、相手の体をベタベタと触るので、たいていの人から気味悪がられるのだ。

江夏十蔵の哲学に、「人間の機能の中で一番賢いのは脳じゃない。〝手〟だ」というのがある。

「手には驚くべきセンサーが付いていて、人に触るとそいつがどんな奴かだいたいわかるんだよ。俺のことをどう思ってるかもな。昆虫でいえば、手は〝触角〟なのさ。そして、人間てのは触ってきた相手のことをなかなか嫌いになれないものなんだよ。いいか、七海。コミュニケーションに言葉なんていらない。必要なのは触れ合いだ」

じゃあ、痴漢はどうなるのと屁理屈で返したら、「愛を込めなきゃ意味がない」と逆に返された。

初対面の人にはハグ。最低でも握手――。これが、江夏家の家訓のひとつだ（もちろん、ぼくは実行していない）。

ひととおり志村さんを触ったあと、やっとパパが離れた。

「志村君は、衣笠の爺さんとどういう関係？」

「僕は、お孫さんのほうに用事がありまして……」志村さんが、照れくさそうに頭を掻《か》く。

「風子のことか」

名前を聞いただけで、ぼくの心臓がスナイパーにライフルで狙撃されたみたいに破裂しそうになる。

「どうしても、風子ちゃんが欲しいんです」

欲しい？　何、それ？

「てめえ、ロリコンかよ」

パパがいきなりブチギレて、志村さんのジャージの胸ぐらを摑んだ。

「そういう意味じゃありませんよ」志村さんが、真っ赤な顔で首を振る。

「じゃあ、どういう意味だ」

「僕、サッカーのクラブチームのコーチなんですよ」

「サッカー？」

「はい。バンビーナFC高槻《たかつき》です」

「知らねえなあ」パパが、志村さんを放した。「サッカーチームが風子に何の用だ？」

志村さんは、額から滝のような汗を出し、しどろもどろになりながら答える。「で、ですから、ぜひとも風子さんに入団して欲しいと思いまして」

「風子はサッカーをやるのか」

「えっ？　ご存じないんですか」志村さんが驚く。「将来、なでしこを引っ張っていくほどの器ですよ」

すげえ。スカウトだよ。どうりで、あの体育祭の写真の風子ちゃんがカッコよかったわけだ。て、ことは、あれは手土産のケーキか和菓子かな？

ぼくは、逆さまになっている紙袋を見た。ケーキだったら中は大惨事になっていることだろう。

「おい、なでしこって何だ？」パパがぼくを見る。

「なでしこジャパン。女子サッカー日本代表の愛称だよ」

「へえ、そんなものがあるのか」

パパは、スカパー！で『ナショナル ジオグラフィック』しか観ない。冒険以外に興味はないのである。

「その、なでしこに入れば凄いのか」

「何、言ってんだよ。ワールドカップを獲っただろ」

「つまり、世界一ってことか」

信じられない。あれだけニュースになって世間が騒いだのに、どれだけ情報に疎いんだよ。つい先月も、「おい、AKBってどこの国の諜報《ちょうほう》組織だ。ロシアか?」って真顔で訊いてきた。

「あの……」志村さんが、おずおずとパパに訊《たず》ねる。「江夏さんは、風子ちゃんとはどういったご関係ですか」

パパが偉そうに胸を張って言った。

「父親だ」

「はい?」志村さんの目が、五百円玉みたいに丸くなる。「風子ちゃんのお母様は再婚なさったんですすか」

「違う。風子は正真正銘、俺と血の繋《つな》がった娘だ」

あらま。あっさりと認めちゃったよ。まだ、衣笠かなえっていう女の証言しかないのに。DNA鑑定とかで調べなくてもいいのかよ。

「初耳です。資料ではたしか、風子ちゃんのお父様は病気で亡くなられたと……」

「色々と複雑な事情があるんだよ。俺も今日、娘の存在を知ったんだ」

志村さんが、口をポカンと開ける。「それは……何とも複雑ですね」

「言っておくが、風子ならいないぞ」

「今、どこにいるか、ご存じですか」

「知らん。五日前に家出して行方不明だからな」

ソッコーでバラしてどうすんだよ！

志村さんが泣きそうな顔になる。「た、大変じゃないですか。警察に捜索願を出さなくていいんですか」

「大げさだよ」パパが鼻で笑い飛ばす。「日本にいる限り、死にはしないよ」

「それじゃあ、今日のところは出なおしたほうがいいですね」

志村さんが、デカい背中をションボリと丸め、竹林を戻ろうとした。

「何なら一緒に探すか」

パパが信じられないくらい軽い口調で言った。「一緒にコンビニに行くか」ぐらいのトーンだ。

「……お邪魔ではないですか」

「もし、風子を見つけてくれたら、サッカーチームにやるよ」

やるって、物みたいな言い方すんなよ。

「パパが勝手に決めていいの？」

「いいんだよ。俺の娘なんだから」

めちゃくちゃだ。こんな男が突然現れて、「今日からお前の父親だ」って言ったら、風子ちゃんはどんな顔するんだろう。絶対にぼくまで嫌われるよ……。

「もし、ウチに入団してもらえるなら、全力でお手伝いします」志村さんが、両手の拳《こぶし》を力強く握って言った。

「よしっ、決定。さっそく作戦会議だ。鴨川に行くぞ」

「えっ？　鴨川ですか」

ぼくと志村さんは顔を見合わせた。

「バカ野郎。せっかく京都に来たんだから、納涼床を楽しまなくちゃダメだろう。あの爺さん、経費はいくらかかってもいいって言ってたしな」

パパは、スキップでもしかねない軽やかな足取りで、竹林の中に入っていった。

9

夕暮れ時――。
ぼくとパパは、鴨川沿いを歩いていた。並ぶのが嫌で、五メートルほどあとをついていく。

パパはご機嫌だった。納涼床でビールと冷酒をたらふく飲んだからだ。「人の金で飲む酒ほど美味い物はない」と大きな声でしゃべって風情をぶち壊していた。ぼくは、恥ずかしくて、何度床《ゆか》から飛び降りてやろうと思ったことか。

とにかく、パパは強引だった。予約で埋まってるからと店側から断られたのに、「衣笠諭吉の親族だ」と粘った（その名前はかなりの効果があって、ぼくたちは特等席に案内された）。

志村さんは体のわりには酒に弱く、すぐにベロベロになってサッカーの戦術論を熱く語りだした。今は、スターバックスの川床で休憩している。

志村さんの酔いが醒《さ》めるまで散歩をするぞ、と河原まで強引に連れてこられたのだ。

「どうだ、たまんねえだろ」パパがオペラでも歌うような声で訊いた。完全に、酔いが回っている。

「うん」とりあえず、答えた。

何がたまらないかはわからない。夕方になったとはいえ、まだ暑苦しいし、水が少ない川に沿って、メジャーで測ったかのように等間隔で川辺に座るカップルがいるだけだ。小学五年生のぼくには、ちょっと退屈な景色だ。それとも、アルコールが入れば、この景色が格別なものに変わるのだろうか。

「あと五年だな」

「何が？」

「お前と一緒に酒を飲める日までの時間だよ」

「何言ってんの。五年後は、まだ十六歳じゃん」

「パパはそのころ、家の裏山で密造酒を作ってたぞ」

知らないよ。山賊じゃないんだから。

「別に飲みたいとも思わないし」

「俺のために飲むんだよ。息子と酒を酌《く》み交わすのは、父親の特権なんだからさ」

「そういうものなの」

「そういうものだ」

その感覚、よくわからない。ぼくも将来、結婚して息子ができたら、そんな気持ちになるのだろうか。

ぼくは、酒が嫌いだ。正しくは、酒にだらしなく酔っている大人の姿に嫌悪感を覚える。

ママは、いつもお酒を飲んでいた。

飲みはじめたのは、失踪する三年前ぐらいだ。キッチンの戸棚の奥に、ウイスキーの瓶《びん》を隠していた。

パパが家にいるときは飲まない。パパがふらりと出かけたら、ウイスキーの瓶を出して、食卓で一人チビチビと飲みはじめる。グラスは使わない。コーヒーカップにウイスキーを注ぐと瓶はまた戸棚の奥に戻す。傍《はた》から見れば、家事の合間にコーヒーを飲む主婦だけれど、ママは酔うとぼくを抱き締めるからすぐにわかる。

「七海を食べちゃいたい」

そう言って、ぼくの頬をかじってくるのだ。ウイスキーの匂いでむせかえりそうになって、頭がクラクラした。

ママはさらに酔うと目が据《す》わりだし、コーヒーカップを持ったまま上半身を揺らしはじめる。まるで、霊にとり憑《つ》かれたみたいで怖い。口から出る言葉も意味不明なものになる。たぶん、パパへの文句だったと思うけれど、「死ねばいいのに」「呪われろ」「地獄に落ちちゃえ」と、普段のママなら絶対に言わない台詞が並ぶので、ぼくは耳を塞《ふさ》ぎたくなった。

コーヒーカップをテーブルの上に落としたら終了。ぼくが肩を貸して寝室まで運ぶ。このときが、一番嫌だった。ママが、ぼくに運ばれながらシクシクと泣きだすからだ。

「最低な母親でごめんね」

ぼくは、答えることができなかった。あのとき、ちゃんと答えていれば、ママは家を出ていかなかったのかな。

「十蔵さーん」

スターバックスの川床から、志村さんが手を振っている。

「どうしたー？」パパが大声で訊いた。

川辺のカップルたちが、パパを見てクスクスと笑っている。恥ずかしくて、ぼくは顔を赤らめた。

いつかぼくに彼女ができたら、この人たちみたいに手を繋いで仲良く座るのかな。公共の場で、イチャイチャできるような図太い神経が身につくのかな。まったくもって、イメージできない。でも風子ちゃんみたいな女の子だったら……。

「風子ちゃんの居場所がわかりましたよ」

よく見ると、志村さんの手に携帯電話がある。誰かと連絡を取っていたみたいだ。

「ずいぶんとあっけなかったな」

パパが大きな口を開けて、欠伸《あくび》をした。

ぼくたちは、河原町通まで出てタクシーを拾った。

「嵐山までお願いします」

　助手席に座った志村さんが、タクシーの運転手に行き先を告げる。ぼくとパパは後部座席だ。志村さんが誰と連絡を取り合っていたかは教えてもらっていない。

「電車のほうが早いんじゃないの」ぼくは、志村さんに訊いた。

「そうだけど、風子ちゃんが、また移動するかもしれないし……」志村さんが、自信なさげに答える。

「どの道から行きますか？　まあ、この時間はどこも混んでますけどね」初老の運転手が、おっとりした口調で言った。

「運転手さんにお任せします」

　志村さんは、それほど京都に詳しくないのかもしれない。納涼床での話を聞く限り、サッカー漬けの人生で、遊んでなどこなかったのだろう。

　志村さんの年齢は三十七歳だそうだが、ずっと若く見えるので驚いた。大学までサッカーに打ち込み、Ｊリーガーまであと一歩だったらしい。ポジションはゴールキーパー。石段の上から飛んできたぼくを無傷でキャッチできたのもそういうわけだ。

　志村さんの家族は、二つ年下の奥さん（高校時代のサッカー部のマネージャー）に、中学生の娘と小学生の双子の息子。娘は、風子ちゃんと同い年で、バンビーナＦＣ高槻のサイドバックだ。

志村さんの夢――。それは、自分の手で、日本代表選手を育てることらしい。

タクシーが動きだしてすぐに、パパは志村さんが持っていたケーキ（思ったとおりぐちゃぐちゃになっていた）を平らげると、ぼくの隣で鼾《いびき》をかきだした。腕を組んだままニヤニヤしながら口を開け、涎《よだれ》を垂らしている。

信じられない。今から初めて娘と会うんだから、少しぐらいは緊張しろよ。

もし、ぼくがハリー・ポッターのような魔法使いだったら、カエルを出して口の中に放り込んでやるのに。いや、カエルじゃ生ぬるい。ウンコだ。

「七海君はいいなあ。十蔵さんみたいな父親がいて。毎日が楽しいだろ」

「ううん。ストレスで胃潰瘍《いかいよう》になりそう」

「ははは。面白いねえ。さすが、十蔵さんの息子だ」

おいおい、冗談じゃないんだよ。マジで最近、みぞおちがキリキリするんだよ。

話題を変えよう。

「風子ちゃんのプレーは何が一番凄いの」

「インテリジェンスだ」志村さんが即答する。

「何、それ？」

てっきり、足の速さだと思っていた。ううっ。もう一度、あの写真が見たい。

「試合の中で常に味方や敵の状況を確認し、ベストのプレーを選択できる能力だよ。現役の選手で言えば、バルセロナのイニエスタだな。イニエスタがいるからこそ、メッシが世界一の選手でいられる」

「専門用語を並べられてもチンプンカンプンだよ」

「ごめん、ごめん。簡単に言えば、頭の回転が速くて、ベストの戦術を実行できるってことさ。さっき、七海君もやっただろ」

「ぼくが？」

「石段の上から跳んだとき、とても冷静で的確だった。あのタイミングで跳んでくれなければ僕もキャッチできなかったよ」

そう言われても、無我夢中で覚えてないよ。

「体が勝手に反応したんだよ」

「それが、〝才能〟ってやつだ」

心臓が、トクンと鳴った。風子ちゃんの写真を見たときとは、また違う感じ。

「ぼくには才能があるの」

「間違いなくあるね。僕は何百人も子供を見てきたからわかる。七海君は何かスポーツをやるべきだよ。個人競技よりも団体競技のほうがいいと思うよ」

「野球とか？」

「野球よりもサッカーとかバスケとか、常に選手とボールが動いている競技のほうがインテリジェンスは発揮できる」

「そんなこと言われたの初めてだよ」

全身が熱くなってきた。体の中で、何かが燃えているのがわかる。もし、この世界が『週刊少年ジャンプ』だったら、ぼくの周りに《ゴゴゴゴゴゴォォ！》と効果音が入ったことだろう。

そのわりには、休み時間にやるドッジボールやサッカーが絶望的に下手なのはどうしてなんだ？　納得がいかないよ！

「きっと、風子ちゃんと七海君は十蔵さんの才能を引き継いだんだよ」

「マジ？　ちょっと、嫌だなあ」

この間抜けな顔して寝ている人に、インテリジェンスの欠片《かけら》も感じない。

「冒険家にとって一番必要なものって何かな？」志村さんは、真面目な声で訊いた。

「よくわかんないけど……。たぶん、勇気？」

パパの場合は、勇気というよりクソ度胸だけど。「どうしても喉が渇いて、水が手に入らなければ、自分の小便を飲めばいい。そのうち、慣れるさ」とスターバックスで語るほどだ。

「その勇気が大事なんだよ。せっかく瞬時の判断ができても、それを実行に移さなければ意味がない。失敗を恐れずトライすること。それができなければ、インテリジェンスという宝の持ち腐れだ」

なんだかくすぐったいけど、いい気分だ。ほんのちょっぴりだけ、パパの息子で良かったと思った。

10

嵐山に、風子ちゃんはいなかった。

志村さんの情報が曖昧《あいまい》なあげく、捜索して二時間も経たないうちに、〝情報主〟から「嵐山にはいないみたい」と連絡があったのだ。

午後八時前。阪急嵐山駅——。

「どうも……ウチの娘がご迷惑をおかけしました」志村さんが、土下座しそうな勢いで頭を下げる。

情報主は、志村さんの娘だった。彼女も中学生なりのネットワークで風子ちゃんを探しているらしい。それほど、風子ちゃんにチームメイトになって欲しいということだ。

「ドンマイ、ドンマイ」

パパはまったく気にしていない。こんなことはトラブルのうちにも入らないのだろう。

「では、僕は一旦、家に帰りますね。また、明日の午前中に集合しましょう」志村さんが改札のほうに向かおうとした。

「何だ、周作《しゅうさく》。温泉に入らないのか。汗だくで気持ち悪いだろ」

嵐山に着いた時点で、パパは志村さんのことを下の名前で呼び捨てにしていた。

「いや、家に帰らないと……。嫁さんと子供たちが待ってますし」

「一日ぐらい帰らなくてもいいじゃねえか。旅館もあるんだし、俺たちと泊っていこうぜ」

ぼくもそうして欲しかった。パパと二人っきりで旅館に泊るのは何としても回避したい。百パーセント、ロクなことにならないのはわかっている。

「いくらなんでも急すぎますよ」

「ダメだ。今帰ったら、風子にサッカーはさせない」

卑劣だ。パパは目的のためには手段を問わない。そんな権利はないくせに、会ったこともない娘を交渉手段に使っている。

「実は、今日、双子の息子の誕生日でして……」志村さんが言いだしにくそうに切り出した。

「だから？」

「わかってくださいよ。お祝いしないと大変なことになるでしょ」

「大変なことって？」パパがキョトンとする。

「志村さん、無駄だよ。江夏家には、家族の誕生日を祝う習慣がないんだ」

祝ってもらおうにも、パパは冒険と称して留守にしていることが多かった。もちろん携帯なんて持っていないから、居場所もわからないし。ぼくとママは、パパのお祝いはなるべくしたんだけどね。

「本気だぞ。俺と一緒に温泉に入って旅館に泊らなきゃ、風子は渡さない」

こうなると、駄々をこねる子供と同じだ。

「僕の家庭が壊れてもいいってことですか」志村さんが、恨めしそうな目でパパを見る。

そんなヤワな攻撃では、パパの牙城《がじょう》は崩せない。

「人生は冒険だ」パパが、志村さんの両肩に手を置いた。「家に帰ったところで新しい発見はない」

温泉旅館のどこが冒険なんだよ。もしや、家族を裏切ることが冒険なのか？　それなら、パパがぼくたち家族を大切にしないのが納得できる。

「もし、僕の家庭がバラバラになったら責任を取ってもらえますか」

「責任は取らない」パパがキッパリと言った。一ミリも譲る気はなさそうだ。

「僕はサッカーのコーチであって、冒険家ではないんです」

「そうなのか。少女たちを世界一のサッカー選手に育てるのは、立派な冒険だと思うがなあ。じゃあ訊くが、途中で夢破れていく女の子たちの人生の責任を、お前は取るのか」

凄まじい屁理屈だ。横で聞いていてムカムカしてくる。

「最大限の努力はするつもりです」

「努力？　夢が終わったのに？　他人の人生を背負えるほどお前さんは立派な人間なのかよ」

志村さん、何か言い返せ！　言われっぱなしでいいのかよ！

「いいか、周作。宝の地図は詳細が書かれていないからワクワクするんだよ。金貨の数や、どこに毒蛇がいるかまで書いてあったら興醒《きょうざ》めするだろ。人生だって、そうさ。次に何が起こるかわかんないから生きていく価値がある。あらかじめ何が起こるかわかっていて、それをなぞるだけで楽しいか？　生きてるって言えるのか？　お前の心の中にある宝の地図をわざとボロボロにしろ。そこからが冒険のはじまりだ」

いまいち何が言いたいのかわからないが、志村さんには響いたようだ。夏の嵐山の夜空を見上げ、固く唇を噛みしめている。

「わかりました。一本だけ、家に電話を入れさせてください」

「それでこそ、男だ」パパが満足げに頷いた。

パパが、温泉に浸《つ》かりながら気持ち良さそうに体を伸ばした。檜《ひのき》風呂のいい香りがしている。

「最高だなあ。日本人に生まれて本当に幸せだよ」

対照的に、ぼくの隣にいる志村さんは、どんよりとした顔で顎まで浸かっている。今にも温泉に沈んでしまいそうだ。

もちろん、パパはそんな志村さんの様子にはまったく気づいていない。

「ああ、なんて幸せなんだ。幸せすぎて怖いぐらいだ。世界中で醜い紛争を起こしている奴らは、みんな温泉に入ればいいんだよ。そうすれば、みんな幸せになって争う気持ちがなくなるだろ。この幸せをすべての人間に分けてやりたいぜ」

まずは、あんたの目の前にいる人間を幸せにしろよ。

志村さんは、双子の息子のことを思い出しているのか、罪悪感に押し潰されそうな顔で目を潤ませている。

「幸せなら手を叩け。幸せなら手を叩け」

調子に乗ったパパが歌まで披露しはじめた。しかも、替え歌だ（本人が間違って覚えている可能性大）。

「幸せなら態度でわからせろ。幸せなら手を叩け」

「何、その歌。上から目線すぎるよ」思わず、突っ込んでしまった。

「ほら、手を叩け」パパが嬉しそうに湯から右手を出して広げた。

「はあ？」

「ハイタッチだろ。幸せになりたかったら、自分の手じゃなくて、他人の手を叩くんだ。人間は一人だけでは幸せになれないんだから」

そのとおりかもしれないけれど、パパに言われるとムカつく。

「七海も世界に行けばわかる。言葉が通じない相手でも、とりあえずハイタッチしていけばそれで友達だ」

「そう簡単に友達になれれば苦労しないよ」

「騙《だま》されたと思ってやってみろ」パパが、右手をぼくの顔の前まで近づける。

「いいよ。て、いうか、親子だし」

「信じないのか。俺はこの方法を使って世界中で友達を作ったぞ」

「それはパパだからだろ。普通の人はいくらハイタッチをしたところで、友達なんてできないよ」

　ムキになったぼくが間違っていた。だが、残念なことに、この性格はパパ譲りだ。

「よし。それなら証明してやるよ。周作、協力してくれるな」

「はい？」いきなり振られて、志村さんの顔が引き攣る。

「この温泉旅館に泊っている客たちとハイタッチしてくれ」

「あの……何のためにですか？」

「友達になるために決まってるだろ」

「お年寄りばっかりなんですけど……」

　旅館の廊下ですれ違ったのは、ほとんどがおじいさんとおばあさんだった。今入っているこの温泉でも、ぼくたち三人が圧倒的に若い。

「友達になるのに年齢は関係ない」パパが有無を言わせない口調で、志村さんを睨みつける。

「……ハイタッチをやらないと、風子ちゃんを貰えないんですね」

「さすが、元キーパーだ。物わかりがいいな」

　ここでキーパーは関係ないだろ。パパは〝なでしこ〟を知らないぐらいだから、たぶん、サッカーのルールもまともにわかってないと思う。

「パパ、そんなこと、志村さんに無理やりやらせないでよ」

「ダメだ。お前のために証明してみせる」

「志村さんが可哀想じゃん」

「おいおい、どこが可哀想なんだよ。友達が増えるんだから、逆にラッキーじゃねえか。なあ、周作？」

「ラッキーです」志村さんが、弱々しい声で答える。

「善は急げだ。さっそく、ここからはじめていこう」

「わかりました」

さすが、体育会系だ。腹を括《くく》った志村さんは、温泉から上がってフルチンのまま、洗い場のおじいさんに近づいた。

「すみません。ハイタッチをしてもらえませんか」

「ん？　何やて？」

体を洗っていたおじいさんが、ビクッとして志村さんを見上げる。年齢はゆうに七十歳を超えているような全身皺くちゃな〝ザ・爺さん〟だ。

「ハイタッチをして欲しいんです」

「ハイタッチってなんや」

そこからかよ。早くも敗戦ムードが漂っている。

「僕の手とアナタの手を合わせるんです」

「何でそんなことせなあかんのや。気色悪いのう」

「あの……お友達になれないかと……」

「兄ちゃん、アッチ系か。えらいええ体しとるけど」

「違います。妻も子供もいます」

フルチンで友達作り。何ともシュールな図だ。

「とりあえず、僕の手を叩いてください。もしくはアナタの手を叩かせてください」

志村さんが、ゴールキーパーの大きな手をおじいさんの顔に近づけた。

「嫌や。怖いわ」おじいさんが、身の危険を感じたのか、立ち上がった。

「お願いします。僕の人生が懸《かか》っているんです」

志村さんの目が血走っている。フルチンの脅迫だ。

「ありゃ、ダメだな」パパが鼻で笑う。「言葉が多すぎる。理屈を並べる前に、勢いでハイタッチしなきゃ」

志村さんの執拗《しつよう》なお願いに怯《おび》えたおじいさんは、泡まみれのまま、そそくさと脱衣所に逃げていった。

志村さんが助けを求める顔でこっちを見る。

「ほら、見てみろ。早くハイタッチをしないからだ」

「パパがしてこられたのは、相手がノリのいい外国人だったからでしょ。いくらパパでも日本のお年寄りとは友達になれないよ」

ぼくは、志村さんを救うために、わざとパパを挑発した。

「何だと?」

「絶対に無理だね」

パパが頬をヒクヒクと痙攣《けいれん》させる。「もう一度言ってみろ」

「いくらパパでも不可能なことはある」

不可能――。江夏家では長く禁句とされている言葉だ。パパに対しては絶対に使ってはいけない。

「江夏十蔵の底力を見せてやる」

憤慨したパパが勢いよく立ち上がった。ぼくの目の前で、パパのアソコがブルンと揺れる。

こんなことで底力を見せずに、ちゃんと働いてよ……。

怒り任せにお湯から出たパパは、大股で脱衣所に消えていった。

「七海君、助けてくれてありがとう」

申し訳なさそうに、志村さんがぼくの隣に戻ってくる。パパがいなくなって、心の底から安心した表情だ。

「こちらこそ、パパが救いようのないバカでごめん。これで、ゆっくりと温泉を楽しめるね」ぼくは、ちょっとした勝利に酔いながら答えた。

パパに振り回されてばかりの人生はゴメンだ。

ぼくたちは、檜風呂を出て、桂川《かつらがわ》が見える露天風呂に移動し、夏の夜空の星を満喫した。料理も美味しかったし、パパさえいなければ最高の夏休みだ。

だが、この一時間後、ぼくたちは自分の部屋に帰って腰を抜かすことになる。

パパが、有言実行を成し遂げ、新しくできたお友達と遊んでいたのだ。

モクモクと室内に立ち込めるタバコの煙。ジャラジャラと響き渡る麻雀牌《マージャンパイ》の音。パパは、どう見ても一般人からはほど遠い人相の男二人（浴衣《ゆかた》の胸元から、皮膚をキャンバスにした立派な絵が見える）と一緒に、座敷机の上に緑のシートを敷いた即席の麻雀卓を囲んでいた。

な、何やってんだ、こいつら……。全然、お年寄りじゃないし……。

「遅いぞ。周作、麻雀はできるか」

「できません」志村さんが、青ざめた顔で即答する。

「心配するな。俺もできない。今、ルールを教えてもらっているところだ」

パパが、楽しそうに笑った。Vシネマ風の二人をまったく怖がっていない。メキシコやコロンビアで何度もギャングに絡まれてきた経験の賜物《たまもの》だろうけれど、一緒にいるぼくたちからすれば、パパのクソ度胸は迷惑でしかない。

て、いうか、本当にこの二人とハイタッチしたのか。ハイタッチに応じるほうも、おかしいけど。

「兄ちゃん、ぼうっと突っ立ってんと座らんかい。レートはデカリャンピンでええな」

Vシネマ風の一人が、シマウマを狙うライオンの目で志村さんを手招きした。

小学五年生のぼくでも即座に判断できた。

これから、最悪の夜がはじまろうとしているんだと。

11

京都の夜、パパと志村さんは麻雀で惨敗した。

いくら負けたと思う？　総額を聞いたらどん引きするよ。

だって、麻雀のルールを知らない二人が、明らかに百戦錬磨のお二人と戦ったんだもん。

勝てるわけがないってば。

パパは最後までヘラヘラと笑って、楽しそうに麻雀を打っていた。一回だけ、まぐれで上がったときは（ショボい手だったけど）、逆転ゴールを決めたサッカー選手みたいに、畳に滑り込んでガッツポーズを決めた。それを見たVシネマ風の二人は腹を抱えて爆笑していた。

恐るべき、江夏十蔵である。

志村さんは、死にそうな顔で、一晩中ブツブツと呪文のような愚痴をこぼしていた。Vシネマ風の二人が帰った瞬間、反射的にパパの首を絞めていたよ。

それでもパパは、「負けた金は衣笠諭吉が払ってくれるから、心配すんな。諭吉は諭吉に払ってもらおう」と欠伸をしながら言った。

志村さんは、「こんなときにダジャレ言わないでくださいよ。三ケタまでいったんですよ！　ギャンブルのお金なんて経費として落ちるわけないじゃないですか！」と絶叫して畳の上を転がった。

双子の息子の誕生日に、家にも帰らずギャンブルで借金を作る。最低な父親の仲間入りだ。可哀想に、パパのせいで。当然、パパも志村さんもそんな大金を持ち歩いてはいなかったから、宿泊代をのぞく有り金を全部渡して、さらに借用書を書かされて、免許証のコピーを取られた。

そんなに嫌なら、さっさとパパから離れたらいいのにさ。

志村さんは、衣笠風子という宝物を手に入れるまで、絶対に諦めない覚悟なんだろう。応援してあげたいけれど、パパと一緒に行動して精神的に潰されないか、心配だ。

だって、ぼくの知っている江夏十蔵の傍若無人《ぼうじゃくぶじん》ぶりは、こんなものでは済まされない。

地獄の夜が明け、ぼくとパパは、梅田の我が家に戻った。「風子ちゃんの情報が入り次第、連絡します」と言ってJR高槻駅で降りた志村さんは、気の毒なぐらいゲッソリしていた。


次の日、ぼくは、さっそくツネオの家に遊びに行き、京都での出来事を報告した（衣笠風子が、パパの隠し子とまでは言えなかった）。

「さすが十蔵やな。ヤーさんと親友になれたら怖いもんなしやんけ。オレにも紹介して欲しいわ」

桃太郎が、カルビーのポテトチップスコンソメパンチを鷲掴《わしづか》みで口に放り込みながら言った。本人は、太っている体型をまったく気にしていないらしい。

「で、〝宝探し〟はどうすんねん」

「知らないよ。パパの仕事でぼくには関係ないしさ」

ぼくたちは、外で遊ぶとき以外は、いつもツネオの部屋に集まる。ぼくの家は狭い上にパパがゴロゴロしているし（今朝も居間のソファに寝転がりながら、『ジョジョの奇妙な冒険』

を読んでいた）、桃太郎の家は恐ろしく口うるさいお祖母《ばあ》ちゃんがいるからだ（桃太郎は、「この世で一番醜いものは嫁姑戦争だ」とよくぼやいている）。

ツネオの家の何が素敵かって、一戸建ての家の屋根裏を改造した広いスペースが自由に使えることだ。こんなワクワクする場所（二階から梯子《はしご》で入る！）を自分の部屋として使わせてもらえるなんて羨《うらや》ましすぎるよ。ベッドと勉強机と本棚を置いても、まだぼくの部屋より三倍以上は広いんだぜ。ツネオの家は金持ちというわけではないけれど、古くて安い家を購入し、工場長のお父さんが大工顔負けの腕でリフォームしまくっているのだ。

ツネオはここで作業して、色々と怪しい発明品を生み出していた。今も、ポテトチップスをワシャワシャと食らう桃太郎の横で、野球の軟式ボールをカッターナイフで半分に割っている。

「ツネオ、今度は何を作ってんの？」

「と、当然、ひ、平田への復讐兵器だ」

ツネオはニヤリと笑って、カッターナイフを顔の前でかまえた。基本的にはいいやつなのだが、ときどきどういう大人になるのか心配になる。

「平田、野球が好きやもんなあ。わかった。爆発するボールを作ってるんやろ」

「しゃ、しゃべるな。ポ、ポテチの食べカスが飛ぶだろ」

「へいへい。まさか、そんな危ないもんは作らへんか」

「せ、正解だ。う、打ち上げ花火の、か、火薬をボールに詰め込み、は、発火装置もつける。ひ、紐を抜いて投げたら平田の前で花火が、ば、爆発だ」

「手榴弾《しゆりゆうだん》じゃん」ぼくは呆れたようにツネオを見た。

「オレがその兵器の名前つけてやるよ、『火の玉ボール』でどう？」

「た、玉とボールで意味が、か、かぶっている」

「ちぇっ、せっかく最高にカッコいいと思ったのに」

桃太郎はツネオに背を向け、肉団子みたいな体でベッドにダイブした。シーツの上にポテチの粉がぶちまけられたけど、ツネオは気にする様子はない。発明がノッてくると、ご飯も食べずに集中するのだ。

だから、この部屋にはテレビやゲームの類《たぐい》はない。代わりに大型ゴミの日に拾ってきた家電の残骸が転がっている。パソコンすらない。ツネオは調べ物があるときは、わざわざ中之島図書館に行って分厚い資料を借りてくる。

そうだ、ツネオが完成させた、〝凄いけどイマイチ使い方に困る発明品〟をいくつか紹介しよう。

まずは、『ビリビリ腕時計』だ。

ドラえもんの道具のような可愛い名前（桃太郎が命名した）だけれど、決して侮《あなど》ってはいけない。一見どこにでも売っているような普通の腕時計ながら、電流が放出されて、装着した人間をビリビリと感電させるというちょっぴり危ない代物《しろもの》である。いじめ軍団のボス、「恐怖のホームベース」こと平田に復讐するために、ツネオが二カ月かけて製作した。平田の誕生日にプレゼントしようと、本人に直接持っていったんだけど、「腕時計は手首が痒《かゆ》くなるからいらんわ」と受け取ってもらえなかった悲しい過去がある。あまりにもツネオの落ち込みが激しかったので、ぼくとのジャンケンに負けた桃太郎が腕時計を着けてあげたら、ピーンと手足が伸びてひっくり返った。

『地獄キャップ』という発明品もかなりの問題作だ。

これまた名前からして（桃太郎が命名）、ヤバい。一見どこにでも売っているようなベースボールキャップながら、ツバを触ると超強力な接着剤が歯磨き粉みたいにグニュリと出てきて、キャップから手が離れなくなるという恐ろしい代物だ。平田は、ツネオが被っているキャップを後ろから奪って、ドブの中や犬のウンチの上に捨てるという残虐行為を好んでいた。ならば、その習性を利用して復讐してやろうじゃないかと、四カ月かけて製作したわけだ。

ところが、ツネオが意気揚々と『地獄キャップ』を被って学校に行ったら、教室に入った途端、「おっ、新しいキャップやん。カッコえぇな」と桃太郎に奪われてしまった。桃太郎が、一日中、手にキャップをくっつけたまま授業を受けたのは言うまでもない。

あともうひとつだけ、『ヌンチャク・スニーカー』を紹介させて欲しい。

この発明品は名前を見ればわかるように、普段履いているスニーカーが、ピンチのときは武器に変わるという、いじめられっ子にとってはありがたい代物だ。スニーカーのつま先と踵《かかと》の部分に鉄板を仕込んで、破壊力は抜群にしてある。使うときは、右のスニーカーと左のスニーカーの紐《ひも》を結ぶのである。紐は特殊なゴムなので、ビヨーンと伸びるけど絶対に切れない。ツネオ曰く、工場長の父親に教えてもらった企業秘密のシリコンを使っているらしい。製作期間は、執念の半年だ。

完成した翌日、さっそく昼休みに渡り廊下で平田から絡まれたツネオは、こっそりとスニーカーを脱いだ。しかし、一緒に絡まれていた桃太郎が、「ツネオ！　ヌンチャク・スニーカーの威力を見せてやれ！」と叫んだものだから、ツネオが紐を結ぶ間もなく、ボコボコにされてしまった。

戦うまでに時間がかかる。それが『ヌンチャク・スニーカー』の欠点だ。

この三つは、ツネオの発明品の中でもパンチが効いてるけれど、勿体《もったい》ないことに、それ以降使う機会がなくて、屋根裏部屋の隅に放置されたまんまだ。

「七海くーん。お父さんから電話よー」

二階からツネオの母親に呼ばれた。ぼくは携帯電話を持っていないので、パパはいつも、ツネオの家の電話に直接かけてくる。恥ずかしいからやめて欲しいんだけど。

「ありがとうございます」

ぼくは梯子を半分降りて、ツネオと顔がそっくりな母親から、電話の子機を受け取った。そのまま梯子を登って屋根裏部屋へと戻る。

『七海。今すぐ、神戸に来てくれ。急げよ』

電話の向こうで、慌ただしくパパが言った。

「えっ？　む、無理だよ」

どうして神戸にいるんだ？　つい数時間前には、ソファで漫画を読んでいたのに……。

できる限り、パパとは関わりたくない。ツネオの作業が一段落したら、ＪＲ大阪駅のヨドバシカメラに三人で遊びに行く予定なのだ。クーラーがガンガン効いてて涼しいし（ツネオの部屋には扇風機しかない）、お試し用のマッサージチェアも気持ちいい。

『頼む。パパの生死に関わるトラブルが発生した』

生死？　一体、何やってんだよ！

「マルガリータに来てもらえばいいじゃん」

『ダメだ。このことは誰にも言うんじゃない』

パパの息が荒い。風の音も聞こえる。

「パパ、走ってるの？」

『逃げてるんだよ』

「だ、誰から」

『説明している時間はない。捕まったら殺されるんだぞ』

「殺される？」

ぼくの素《す》っ頓狂《とんきょう》な声に、桃太郎とツネオが顔を見合わせる。

『いいか、一時間半後に神戸ポートタワーの展望台で待ち合わせだ。現金とパパのパスポートを持ってきてくれ』

「現金って、いくらぐらいだよ」

『多ければ多いほどいい。絶対にマルガリータにはバラすなよ』

「でも……」

『待ってるぞ。パパを助けられるのはお前しかいないんだ』

一方的に電話が切れた。

ぼくは茫然《ぼうぜん》として、耳から子機を離した。桃太郎とツネオが興味津々の顔ですり寄ってくる。

「十蔵に何があったん」桃太郎が、口からポテチの食べカスを飛ばす。

「わかんねえよ」

「今、七海、殺されるって言ってたやん」

どうしよう。言わないほうがいいよな……。

パパの声は、嘘をついているようには聞こえなかった。

「と、と、友達だろ。た、頼ってこい」ツネオが頼りない口調で言う。

「もしかしたら、十蔵は、例の京都のヤーさんに狙われてるんとちゃうか」

「それはないと思う。凄く仲良くなってたし」

「激怒させたかもしれへんやん」

パパだったら充分にありうる。あのVシネマ風の二人を怒らせたら、軽いケガでは済みそうにない。

「十蔵は、今どこにおるねん」

「神戸だって。一時間半後に神戸ポートタワーの展望台に来てくれってさ」

桃太郎が顔を輝かせた。「神戸やったら、オレめっちゃ詳しいで。親戚が住んでるからよく遊びに行ったもん」

「マジ？」

ママがいたとき、西宮や三宮《さんのみや》までは連れていってもらったことがあるけれど、神戸ポートタワーには行ったことがないから、一人では不安だ。

「途中までやったら、ついてったろうか」

「最後まで案内してくれよ」

「嫌や。ヤーさんに殺されたくないもん」

ツネオが素早い動きで、屋根裏部屋の隅に置いてあるリュックサックを取ってきた。

「こ、これを、つ、使ってくれ」

「何これ？」

「は、発明品が入ってる。ヤーさんを、げ、撃退せよ」

「できるわけないだろ！」

「か、勝てる」ツネオが胸を張って、銀縁メガネを光らせた。

「よかったな。ツネオもついてきてくれるってよ」桃太郎が、強引にツネオの肩を掴んだ。

「いや、そ、そんなことは言ってない」

ツネオが青ざめた顔で抵抗するが、桃太郎は放してくれない。

「無理して来なくてもいいよ」

「何を言ってんねん。無理せな冒険ははじまらへんやろ」

ぼくが、せっかくツネオに無理しなくていいと言ってあげたのに、桃太郎は、嬉しそうにそう言ってピースをした。

もちろん、本当は「オレらも行く」と言ってくれることを期待していた。

12

ぼくたち三人は、JR元町駅で神戸に降り立った。かすかに潮の香りがする。

「メリケンパークは、神戸駅よりこっちのほうが近いねん。ちなみに、あそこの台湾料理店は肉飯がめっちゃ美味いで」

桃太郎は張り切って、ぼくとツネオを誘導した。よっぽど自分が仕切れるのが嬉しいのか、中華鍋の中の肉団子のように、弾んで歩いている。

時間は、午後二時十五分——。パパの電話から、ちょうど、一時間が経っていた。ぼくの家にパパのパスポートを取りに行ったので、だいぶ時間をロスしてしまった。

だいたい、パスポートなんか何に使うつもりだよ。海外に逃げるのか？　パパにそんなお金があるわけないのに。一応、現金は、お年玉のヘソクリ二万円を持ってきた。パパに渡してちゃんと返ってくるのかが、とても不安だ。

神戸は、京都と違って港町だから、異国の雰囲気が漂っている。ツネオの濃い顔が街に溶け込んでいて違和感がない。

「あれを越えたらメリケンパークや」

桃太郎が、見えてきた阪神高速を指す。今度はハッキリと潮の匂いがした。

阪神高速を潜り抜けると、突然、空が広がった。水平線まで海が見える。

「う、海だ」ツネオの顔がニヤける。

「カマボコみたいな形をしてるんがオリエンタルホテル。手前にある網目の建物が海洋博物館。右手にある観覧車のあるとこがモザイク。ほんで、あの赤いのが神戸ポートタワーや」

桃太郎がガイドさんみたいにペラペラと説明した。

神戸ポートタワーは想像していたより低かった。ただ、鼓《つづみ》をひっくり返したようなデザインは、なかなかクールだと思う。ぼくは好きだ。

「十蔵はおらんなあ」桃太郎が、警戒した目で、辺りを見回す。「ヤーさんっぽい人たちも見当たれへんぞ」

「とりあえず、展望台に上ってみる。どこかで、待っていてくれよ」ぼくは、一人で神戸ポートタワーに向かおうとした。

「オレたちも行くで。なあ、ツネオ」

「う、うん……」

ツネオは桃太郎にリュックサックを引っ張られ、引き攣った顔で頷いた。

「危険かもしれないからいいよ」というか、パパが「誰にも言うな」と言っていたことを、二人にはまだ伝えていなかった。伝えたら、ついてきてくれないと思ったんだからしょうがない。パパも、連れてきたのが小学生だったら、怒ったりはしないだろう。

「一人やったら、もっと危険やんけ。ヤーさんたちも、小学生が一人だけでおったら不審に思うで。三人やったら、夏休みに友達同士で遊びに来た小学生に見えて、違和感ないんとちゃうか」

「い、一理、あ、ある」ツネオが頷いた。

「気持ちは嬉しいけどさ、桃太郎は何でそんなにノリノリなんだよ」

「暇やってん。せっかくの夏休みやねんから、ハラハラドキドキせな意味がないやんけ」

「あっ。七海君」

神戸ポートタワーの下で、ばったり志村さんと会った。相変わらず、黄色と緑のジャージを着ている。

「もしかして、志村さんもパパに呼ばれたの？」

そうじゃなければ、こんな場所で都合よく出会うわけがない。

志村さんが、疲れ切った顔で頷く。「そうなんだよ。サッカーチームの練習中だったんだけど、『生死に関わる大ピンチだから至急来い』って電話がかかってきて……」

「すみません」ぼくは、思わず頭を下げた。

十蔵のバカ！　どこまで人に迷惑をかければ気が済むんだよ。それにしても、志村さんの番号まで覚えてるとは……。その記憶力を他の分野で生かして働いてくれよ。

「おい、七海。この人が噂の志村さんか」後ろにいた桃太郎が、ぼくの背中をつつく。

「初めまして。七海君の友達？」

志村さんが、爽やかな笑顔で桃太郎とツネオを見た。

「オレは近藤桃太郎っていうねん。よろしく！　七海とは親友やから、今日は手助けに来たってん」

「お、桶谷、つ、常夫」

桃太郎の元気いっぱいの挨拶に比べ、ツネオは無愛想そのものだ。

「十蔵の奴、ポートタワーにはおらんかった？」桃太郎が、志村さんに訊いた。

「隈なく探したけどいないんだ」

いないのかよ！

約束の時間は、とっくに過ぎている。

「ここまで来させといて、ありえねえよ」

ぼくは怒りに震えた。またパパに振り回された自分が情けない。

「十蔵さんの身に何かあったのかな」志村さんが、心配そうに呟く。

ぼくは大げさに鼻で笑ってやった。「どうせ、たいしたことないですよ」

「でも、京都であんなことがあったし……」

志村さんが、Vシネマ風の男たちを思い出したのか、顔面蒼白になる。

確実にトラウマになってるじゃん。

「ら、拉致《らち》されたんだ」

「おい、ツネオ！　不吉なこと言うなや」桃太郎が、ツネオの頭を叩いた。

気まずい沈黙がぼくたちを包み込む。

……パパ、どこにいるんだよ。ああ、大人なんだから、携帯くらい持ってくれればいいのに。

「もう少し、待ってみようか」

志村さんが、深い溜め息をついた。

三時間後、ぼくたちは南京町の奥にある古めかしい中華料理店にいた。

本格的な中華風の内装で、テーブルも丸くて動くやつだ。店員さんも全員、中国人だった。本来なら、「美味しい中華を食べられる！」とテンションが上がるところなのに、パパが見つからなかったせいで、どんよりとした空気になっている。

「一体、十蔵はどこに行ってん……」

桃太郎が、小皿に醤油と酢を三対七で混ぜ、ラー油を少し垂らした。神妙な顔つきをしてるくせに、食べる準備は万端だ。

「何かトラブルがあって来られなかったんだろうね。十蔵さんのことだから、きっと大丈夫だ。心配しなくてもいいよ」志村さんが、優しくぼくを励ましてくれた。「歩き回って、お腹が空《す》いただろうから、たくさん食べよう」

ペコペコで目が回りそうだ。神戸ポートタワーで一時間以上待ってもパパが現れなかったから、メリケンパーク内を探しまくった。志村さんとぼくたち三人で、夏休みの観光客の中にパパがいないか目を皿のようにして探したけど発見できなかった。

「ぼくは別に心配してませんよ。パパは週に一回は何らかのトラブルを起こしてるんで」

「そうなんだ……」志村さんが同情した目でぼくを見る。

「去年なんか、天王寺動物園のホッキョクグマの檻《おり》に入ったもんな」桃太郎が、呆れ顔で言った。

「えっ？　嘘だろ」

目を剝《む》く志村さんに、ぼくたち三人は同時に首を横に振った。

「ど、どうして、ホッキョクグマの檻なんかに……」

「サービス精神です」

「ごめん、意味がわからない」

「十歳の隣でホッキョクグマを撮影していた女子大生が、カメラを落としてんな」そのときパパの近くで一部始終を見ていた桃太郎が言った。「ええとこ見せようとして、『俺に任せろ』て言って柵を乗り越えてん。まあ、ホッキョクグマは昼寝しとったから何も起こらへんかったけど」

「でも、ホッキョクグマって地上最強の動物なんだろ」

「さ、最強は、ア、アフリカゾウ」ツネオが口を挟む。

「パパは、あんまり細かいことは気にしないんです」

「それって、細かいことじゃないだろ……」

驚きのあまりフリーズしている志村さんの横から、どんどん料理が運ばれてきた。

水餃子、春巻き、ピータン、棒棒鶏《バンバンジー》、麻婆豆腐、エビチリ、海鮮焼きそば、レタスチャーハンがずらりと並んだ。どれも、近所の大衆中華とは明らかに違うクオリティーで輝いている。

「いただきまーす」

桃太郎が、絶叫に近い声で、春巻きにかじりつく。ぼくも水餃子を食べた。

まさかの、フカヒレ入り！

旨味たっぷりのスープが、じゅわりと口の中に広がる。

他の料理も絶品だ。麻婆豆腐はビリビリと心地よく舌が痺れ、エビチリのエビはプリプリだったし、チャーハンのレタスはシャキシャキでたまらない。ぼくはパパのことは忘れて無我夢中で食べた。

パパがいなければ、こんなに幸せなのに……。

もうこの際、みなし子になってもいいからパパには帰ってきて欲しくない。

だが、幸せな時間は、あっという間に終わる。

いきなり店の自動ドアが開き、黒スーツを着たガタイのいい男が、ぼくたちのテーブルへとやってきた。

「あっ、目黒さん」ぼくは、箸でつまんだ春巻きを落としそうになった。

「おい、七海。噂のボディガードか」隣にいた桃太郎が、ぼくの腕をつつく。

どうして目黒さんが、ぼくたちがここにいることを知っているんだ？

「箸を置いて、今すぐ来てください。表で衣笠諭吉が待っています」目黒が、怖い顔でぼくだけを見る。

ピンときた。パパが、また何か大変なことをやらかしたんだ。

「もしかして、緊急事態ですか」

目黒が頷き、低い声で言った。

「風子さんが、江夏十蔵に誘拐されました」

13

「ほ、本当に誘拐なんですか」

ぼくの隣に座っている志村さんが目を白黒させて言った。

向かいの席に座っている衣笠諭吉が、無言のまま頷く。

ぼくたちは、南京町の前で待っていたリムジンに乗っていた。ぼくと志村さん、桃太郎とツネオが横一列に並び、擦れた辛子色のアロハシャツを着てサングラスをかけた衣笠が運転席に背を向けて座っている。

　まさか、この若さでリムジンに乗る日が来るなんて夢にも思っていなかった。しかも、ただのリムジンではない。黒光りするハマーのリムジン（ぼくは車の名前まで知らなかったのだが、車に詳しいツネオが腰を抜かした）だ。こんなジープのお化けみたいなバカげた乗り物、ユーチューブで観られるヒップホップスターのPVでしか見たことない。

　あまりに凄くて車の説明が長くなってしまったけど、つまりこのバカデカい車が衣笠の車で、一昨日京都駅まで迎えに来てくれた、あの4WDの銀色のベンツは、衣笠の愛車というよりは、お客様用の送迎車だということになる。

「あの……一体、どこに連れていかれるんですか？」志村さんが、おずおずと質問を続けた。

　リムジンは、どこだかわからないが、神戸の街を走っている。窓には黒いシールドが貼ってあるので、外の様子はぼんやりとしか確認できない。運転手は、もちろん目黒だ。こんな車体の長い乗り物を事故らずに運転できるなんて、驚異のドライビングテクニックの持ち主である。

「決まっとるやろ。一刻も早く風子をさらった江夏十蔵を探し出すんや」

　衣笠は、噴火寸前の活火山みたいに静かに激怒していた。サングラスのせいで表情は読み取れないけれど、額に巨大ミミズほどの血管を浮かべて、しきりに貧乏ゆすりをしている。

「せめて、子供たちは家に帰していただけませんか」

「あかん」衣笠が鋭い声で、志村さんの要求を撥《は》ね除《の》ける。

「そんな無茶な。この子たちはまだ小学生なんですよ」

「それがどないしてん。夏休みやねんから学校はないやろ」

ぼくたち三人は、いまいち事態が呑み込めずにいた。桃太郎なんて、中華料理をがっついていたのとハマーリムジンの乗り心地のよさのせいで、さっきから何度も欠伸を嚙み殺してウトウトしている。ツネオは自分が拉致されていることより、車内のメカニックが気になるらしくキョロキョロと忙《せわ》しない。

「今すぐ降ろしてください。でないと、警察に電話しますよ」

志村さんが強い口調になり、ジャージのポケットからスマートフォンを取り出した。さすが体育会系で頼もしい。

「してもええけど、逮捕されるのはあんたらやで」衣笠が、サングラスの下で不敵に笑う。

「なんやったら、誘拐の共犯者がここにおると、わしが通報したろか」

「きょ、共犯？」志村さんは素っ頓狂な声を上げる。

「何？　どういうこと？」さすがの桃太郎も目を覚ました。

「風子は今日の昼まで神戸におったらしい。そこに江夏十蔵が現れて、風子が消えたんや。

ほんで、そのあとにお前らが雁首《がんくび》揃えてノコノコとやってきた。誰だって怪しいと思うやろ」

たしかに、マズい。そんなことを衣笠が話してしまったら、警察はとりあえず、事情聴取のためにぼくたちを署まで連行するだろう。

志村さんは歯を食いしばり、スマートフォンをジャージのポケットに戻した。

「でも、まだ誘拐と決まったわけとちゃうやん」今度は桃太郎が反論した。「話だけしか知らんけど、風子ちゃんには家出癖があるんやろ？　十蔵と一緒にいる証拠でもあんのか」

「そうだ、そうだ」

「し、証拠を出せ」

勢いに乗って、ぼくとツネオが援護射撃をした。

小学生に勇気づけられた志村さんが、胸を張って反撃に移る。

「失礼ですが、衣笠さんの思い過ごしではありませんか」

「違う」衣笠が、ドスの利いた声で即答する。

志村さんが、大げさに鼻で笑った。ゴール前に立ちはだかる守護神の如く、自信満々な態度だ。

「じゃあ、十蔵さんから身代金要求の電話でもあったんですか」

「あった」

その瞬間、志村さんの自信が、穴のあいた風船のように萎《しぼ》んでいくのがわかった。

「あったんですか……」

「だから、誘拐やと言っとるやろ。今日の午後二時半、江夏十蔵が風子の携帯電話でかけてきたんや。『風子を返して欲しければ十億円用意しろ』とな。風子の声もわしに聞かせよった。不憫に『おじいちゃん、助けて』と泣いとったわ」

ぼくは、桃太郎とあんぐりと口を開けて顔を見合わせた。ツネオは気絶したみたいに白目になっている（窮地に陥ったときのツネオの癖だ）。

「十億って……めっちゃ多いんやろ」桃太郎が、目をしばしばとさせる。「十億円あったら、毎日、一万円も使ったとして何年働かんでええの」

「約二百七十四年」ツネオが白目を剝きながら暗算で答える。

信じたくないけれど、無駄なスケールのデカさが、逆にリアリティになっていた。あの人の誘拐なら、ありうる身代金の額だ。

「七海君」志村さんが真剣な顔でぼくに訊いた。「十蔵さんは冗談が好きかい。たとえば、ドッキリとか」

「いいえ。パパはそういう類の嘘がつけません。ドッキリも大嫌いです」ここは、正直に答えた。嘘をついて事態を余計にややこしくしたくない。

昔、ぼくとママで、パパの誕生日にサプライズをしたことがあったんだ。

それが江夏家三大事件のひとつとなってからは、「パパにドッキリを仕掛けるな」が家訓に加えられた。

きっかけはささいなことだったよ。

ぼくが小学一年生のときだ。工作の時間に粘土でふざけて作った《カラカラに干からびた犬のウンチ》が見事な出来だったので、パパに褒めてもらいたかっただけさ。

「ただ見せるだけじゃ、つまらないわ」と、先に《カラカラに干からびた犬のウンチ》を絶賛してくれたママが、いたずらっぽく笑った。ぶっちゃけ、ママには、普段から好き勝手に生きているパパに復讐したい気持ちもあったと思う。

その日、パパは呑気に風呂に入っていた。パパは必ず寝起きですぐ風呂に入る。ということはつまり、今起きたばかりということで、ぼくが学校から家に帰ってくるこの時間まで眠っていたということだ。

当時、パパは一攫千金《いっかくせんきん》を狙ってクワガタを獲ることにはまっていた。夜中に一人で出かけて山奥に入り、樹液に群がるクワガタやカブト虫を探すのだけれど、いつも目当てとは違った物を捕獲してきてはママを困らせていた。ヘビやイタチやフクロウを生け捕りにしておいて、「ちくしょう。クワガタを捕まえるのは難しいぜ」とぼやいていたのだから、おかしな人だ。

妻が働き、息子が学校に行っているときに、グウグウと鼾をかいている夫など、キツいお仕置きを受けてしかるべきだ。

ぼくとママは、ウキウキしながら、《カラカラに干からびた犬のウンチ》の設置場所を考えた。

平凡すぎてもダメだ。たとえば、玄関先や部屋の隅に《カラカラに干からびた犬のウンチ》をそっと置いたところで、パパは、「野良犬が紛れ込んできたのか」ぐらいしか感じないか、もしくは気づきもしないだろう。

「サプライズなんだし、インパクトが必要よ」

結局、ママの提案で、パパの誕生日ケーキの上に《カラカラに干からびた犬のウンチ》を置き、箱の中に戻した。

家族だけのパーティのクライマックスで、『ハッピーバースデー』を歌いながら、ケーキを箱から取り出すと、スポンジの上のイチゴの横に、《カラカラに干からびた犬のウンチ》が載っている。他愛もないイタズラだろ？　家族で大笑いして、ひとときの幸せを味わいたかっただけなのに……。

あんな惨劇が起ころうとは、お釈迦《しゃか》様でもわからなかったはずだ。

「何だ、何だ？　今年はリッチなケーキを用意してくれたんだな。ロウソクに火を点《つ》けないのか」

ぼくとママがハッピーバースデーを歌っている中、パパは照れくさそうに、ケーキの箱の蓋をパカッと開けた。

当然、パパは存在感たっぷりの《カラカラに干からびた犬のウンチ》を見て驚き、目を見開いた。

「奴ら、こんなとこまで現れやがったのか」

パパは鬼のような形相になり、血走った目で《カラカラに干からびた犬のウンチ》を睨みつけている。

爆笑する準備をしていたぼくとママは、笑顔を引き攣らせて固まった。

「雨戸を閉めろ。毒矢が飛んでくるぞ」

パパがいきなり立ち上がり、キッチンへと走った。いつものダラダラしたパパとは打って変わって、俊敏な〝冒険家モード〟の動きだった。

ど、毒矢？　急に言われてイメージできる？

「パパ、粘土だよ。ぼくが作ったんだ」とすぐに言えれば、パパの暴走を止められたのかもしれないけど、小学一年生のぼくにはそんな機転は利かなかった。というか打ち明ける勇気がなかった。

パパはキッチンの引き出しから出刃包丁を取ると、ズボンのベルトに侍の刀みたいに差した。

「何やってんのよ⁉」とママが叫んだけれど、パパは聞く耳を持たない。「お前らも武器を探すんだ！」と逆に叫び返し、玄関の物置にある道具箱から金槌を持ってくる始末だった。

「グズグズするな。奴らが来るぞ！」

「奴らって誰よ」

パパとママが怒鳴り合う間で、ぼくはワンワンと泣いていた。ぼくのせいで大喧嘩がはじまると思ったからだ。

「ラツカ・ンチンブ族の連中だよ」

パパが真っ青な顔になりながら、雨戸を閉めだした。こんなにも取り乱すパパは見たことがなかったので、何かにとり憑かれたように見えて、マジで怖かったよ。

ママは呆れ返った顔で溜め息をついた。

「何よ、その連中？」

「アマゾンの未開の地に住む好戦的な部族だ。文明社会と一切接点を持たずに暮らし、独自の生活スタイルで共に生きている。俺は、八年前に彼らの聖地にうっかりと入ってしまい激怒させてしまった」

「……初耳なんだけど」ママが眉をひそめて腕組みをする。

「心配させたくなかったからな。彼らは暗殺が非常に得意で、狙った相手に『お前を殺すぞ』とメッセージを送る習慣があるんだ」

パパが、真顔でケーキの上の《カラカラに干からびた犬のウンチ》を指した。

「これがどうしたのよ」

「奴らは、相手の大事な物の上に大便を置いて侮辱《ぶじょく》するんだよ。八年前も、テントに置いといた愛用の水筒の上に、大便を置かれた」

「で、殺されかけたの」

「ああ。毒矢で脚が動かなくなり、木の枝に吊るされて、顔面の皮を剝がされるところだった。あのときはさすがに死ぬかと思ったよ」

普通の人なら絶対に死んでるよ！　ガチでインディ・ジョーンズじゃんか！　どうやって危機を脱出したのかを聞きたいよ。

オロオロするパパに、ママが質問を浴びせかけた。

「八年も前のことなのに、まだしつこく追いかけてくるの」

「奴らは執念深い。俺が聖地に入り込み、聖なる樹だと知らずに立ち小便したことを、一生許しはしないんだ」

「どうやって日本に来たのよ。飛行機？」

「俺にわかるわけがないだろ。カヌーでやってきたから八年もかかったのかもしれない」

ママはテンパっているパパを見て、こっそり楽しんでいた。だから、「この干からびたウンチは、ラツカ・ンチンブ族のじゃなくて、七海が粘土で作ったものよ」とすぐに打ち明けなかったのだ。

そのママの楽しみが、裏目に出た。

タイミング悪く、宅配便がやってきて、インターホンを鳴らしたんだ。

「殺されてたまるか。俺は家族を守る」

パパは、愛用のジッポを出し、キッチンまで行くと、唐揚げを作るのに使ったばかりのてんぷら鍋の中に放り込んだ。あっという間にメラメラと炎が燃え上がる。

これにには、さすがにママも仰天した。

「燃やしてどうすんのよ！」

「ラツカ・ンチンブ族は火に怯えるんだ」

パパがてんぷら鍋を持って、リビングのカーテンに火をつけた。

一時間後――。家は全焼を免れたものの、壁や天井はすすだらけになり、部屋全体が、駆けつけた消防車によってビチョビチョにされた。

ぼくは、《カラカラに干からびた犬のウンチ》なんて作るんじゃなかったと、猛烈に後悔した。


こんなバカすぎる伝説を残したパパが、自らドッキリを仕掛けるはずがない。

「何で急に誘拐なんて……」志村さんが言葉を詰まらせる。

「金が欲しかったからやろうな」

衣笠が表情を変えずに言った。どうやら、十億円という額にはビビっていないらしい。

志村さんが、納得できないといった顔で首を捻った。「いくら金のためでも、自分の娘を誘拐しますかね」

「娘？」桃太郎が大声を張り上げる。「えっ、えっ、何それ、何それ？　七海は一人っ子やろ」

「つ、つまり、じ、十蔵の、か、隠し子か」

ツネオが、白目のままぼくの胸ぐらを摑んだ。ゾンビに襲われている気分だ。

志村さん、恨むぜ。デリケートな問題なんだから、そういうことはもっとタイミングを考えて言って欲しかったよ。

「隠し子だって？　七海君、どういう意味だい」

志村さんが、ツネオの反対側からぼくの肩を摑む。

そうか。事情を知らないのは志村さんも同じだ。

ぼくは、京都で発覚した衝撃の事実を、かいつまんで説明した。衣笠が苦虫を嚙み潰した顔で補足を入れる。

「まさかの展開やんけ。さすが十蔵は期待を裏切らへんなあ」桃太郎が、なぜか感心して頷く。

「毎週のように、とんでもないトラブルに巻き込まれるこっちの身にもなって欲しいよ」

「と、と、突然、現れた金持ちの美人の姉。う、羨ましい限り」ツネオは、まだ白目のままだ。

「ということは、十蔵さんには風子さんの親権がないってことですか」志村さんが、衣笠に訊いた。

「そんなもん、あるわけないやろ。親権を主張なぞしたらその場で殺す」

衣笠の口調は本気だ。もし、パパが見つかったら、目黒を使って本気で抹殺するのではないだろうか。

「親権がない……」

志村さんは、怒りを通り越して茫然としている。京都で散々振り回されたあげく、双子の息子の誕生日も祝わせてもらえず、カタギではない怖い相手にたんまりと借金を作らされたのだ。この恨みはかなり深くなるに違いない。

「おい、お前らが共犯でないことを証明してみせろ」

衣笠がサングラスを外して、ぼくたちを見た。京都で会ったときとは違って、獰猛な獣みたいな眼光を放っている。この迫力があってこそ、あんな大邸宅をかまえるほどの富を築き上げられたのだろう。

「どうやって、証明すればいいですか」志村さんが、弱々しい声で訊く。

「江夏十蔵は、またお前らにコンタクトを取ろうとするかもしれへん。そのときはすぐにわしに連絡しろ。目黒をこのあと、ずっと同行させるから、誤魔化しは利かへんぞ」

あのゴリラみたいなボディガードも一緒かよ。

ぼくの直感だけど、衣笠はパパを警察に突き出さずに、自分の手で直接制裁を加えようとしている。

本当に殺されるかも……。衣笠のような大物相手に喧嘩を売ったわけだから、それぐらいのリスクがあるのは当たり前だ。

「おい、ガキども。お前らの学校と担任の先生の名前を教えろ」

「嫌じゃ。何で教えなあかんねん」桃太郎が抵抗する。

「お前らが数日家に帰らんでもいいように手配してやる」

「そんなことできんの？」

「それくらいのことができな、こんな車には乗られへんわ。一時間後、それぞれ家に電話して、『先生のところで勉強合宿をする』と親に言うんやぞ。わかったな？」

衣笠は担任と知り合いなわけがないのに、そんなことが可能なのだろうか。金の力を使って、担任を脅すのかもしれない。

とにかく、衣笠は、孫娘の風子ちゃんを取り戻すためには手段を選ばないつもりなのだ。

ぼくたちは、半信半疑ながらも学校と担任の名前を告げた。

「待ってるだけじゃあかんぞ。一刻も早く江夏十蔵を見つけろ。タイムリミットは四十八時間や。風子が消息を絶ってから、すでに四時間が経っとるから、あと四十四時間しかないぞ」

「どうして、四十八時間なんですか」志村さんが訊く。

「ＦＢＩが基準にしとる行方不明者の生存率や。四十八時間を過ぎると、死亡してる確率が跳ね上がるねん」

「パパが人を殺すわけないだろ！」

ぼくはムカついて、怒鳴った。いくらパパでもそこまで史上最低じゃない。

「何や、知らんかったんか」衣笠が憐れむような目でぼくを見た。「江夏十蔵が冒険家を引退したのは、冒険中に人を殺したからやぞ」

14

メリケンパークにある駐車場で、ぼくたちはリムジンから降ろされた。

夜は人けが少なく、なんだか寂しい雰囲気が漂っている。

「十蔵を見つけられへんかったら、お前らを警察に突き出すからな。もちろん、風子が無事であることが条件や。気合い入れて、わしの宝物を探せよ」

衣笠はそう言い残し、目黒も降ろすと、リムジンを自分の手で運転して帰っていった。

「では、あの車で移動します」

目黒が、近くに停まっていた銀色の車を指した。首尾よく、京都でパパと乗った４ＷＤのベンツが停まっていた。

「移動するってどこに？」

桃太郎が、腹を擦りながら不安げな表情を浮かべる。早くもお腹が減っている様子だ。桃太郎の胃の消化スピードは、普通の小学生の三倍は速い。

反対に、ぼくは必死で吐き気を堪《こら》えていた。今にも、南京町で食べた中華をぶちまけそうだ。一気に色々なことが起きすぎて、完全にぼくの精神のキャパシティをオーバーしている。

パパが人を殺しただって？　絶対に嘘だ。

グルグルと世界が回り、まともに立っていられない。

衣笠は、「直接、江夏十蔵に訊け」と言って、詳細は教えてくれなかった。ぼくを困らせるために嘘をついたと思いたいけれど、衣笠がここでそんなことをしても、何のメリットもない。

「き、き、気にしちゃダメだ」ツネオが優しくぼくの肩に手を置いた。「じ、人生で起きたことは、す、すべて受け入れるしかない」

「小学五年生には重たすぎる台詞だよ」

涙も出てこないほどのショックだ。たとえ、パパを見つけられたとしても、どういう顔で会えばいいのかわからない。

神様、いくらなんでも、ぼくに試練を与えすぎではないですか？　日本一不幸な小学生というのは言いすぎかもしれませんが、あまりにもヘビーで胃に穴が開きそうです。

「どこに行くかは自分たちで決めてください」

目黒が事務的な口調で言った。こんな状況ですら表情を変えない。なんだか『ターミネーター』に出てくるシュワちゃんに見えてきた。

「やっぱり、この子たちだけでも家に帰してくれないか。いくら金持ちでも、やっていいことと悪いことがあるだろ」

志村さんが目黒に詰め寄った。身長は志村さんのほうが高いけれど、体の分厚さが違うので貧弱に見えてしまう。

「それは了解できません」

「あの爺《じい》さんの言いなりですか?」

「衣笠様の命令に従うのが私の仕事ですから」

「アンタなあ!」

志村さんが、目黒の胸ぐらを摑んで拳を振り上げた。それでも、目黒は微動だにしない。殴ってくれと言わんばかりの顔だ。

「わっ、リアル・ストリートファイトや」

桃太郎とツネオが後退《あとずさ》りをする。

「志村さん、やめてよ」ぼくの口から勝手に言葉が出た。「パパを探そう」

「……いいのかい」志村さんが、心なしかほっとしたように目黒のスーツから手を離す。

ぼくは、首が痛くなるほど強く頷いた。

本当は探したくない。パパなんか、二度と会いたくない。でも、会いたいんだ。

自分でもわからなくなるぐらい、頭と心の中がグチャグチャと混乱している。神戸の海に向かって絶叫したかった。

決着をつけてやる。何がどうなれば決着なのかはわからないけれど、ぼくはママみたいにパパから逃げたくない。

「ぼくが責任を取るよ。だから、協力して欲しいんだ。志村さんも、風子ちゃんにサッカーチームに入って欲しいんでしょ」

「さすがに、それは諦めようかと思ってるけどな」志村さんが渋い顔になる。

「諦めちゃダメだってば。将来、風子ちゃんは日本の宝になるんだよね」

「間違いなく、なる」

今度は、志村さんが首を痛めるほどの勢いで頷いた。

「じゃあ、志村さんが発掘して育てなきゃ」

ぼくの言葉に感動したのか、志村さんが涙ぐみはじめた。

「そうだよな。諦めたら負けだよな」

「おいおい、七海。いつからそんなにカッコよくなってん。ドラマのワンシーンみたいやったぞ」桃太郎が横やりを入れてくる。

「と、と、鳥肌が立った」ツネオも驚いた顔で言った。

「桃太郎とツネオは帰ってもいいよ。これはぼくとパパの問題だから」

「何言っててんねん。こんなにもオモロいイベントから抜けるわけないやろ。オレらも最後まで楽しませてくれや」桃太郎が、フグのように頬を膨らませた。

「イベントって何だよ。楽しくもないし」

「ず、ず、ずるいぞ」ツネオも、銀縁メガネの下から睨みつけてくる。

「ずるくもねえよ」

やっぱり、この二人はずっと冒険気分のままだ。

「いいから、君たち二人は帰るんだ」志村さんが保護者の顔で言った。

「帰すわけにはいきません」目黒が即座に却下した。「この二人の少年も、誘拐の容疑者です。全員で江夏十蔵を探してもらいます」

「やったー!」

桃太郎とツネオが、ぼくの気も知らずにガッツポーズをした。

『他人の不幸は蜜《みつ》の味』って言葉があるけれど、たぶん、ぼくの不幸は、チョコレートにメープルシロップをかけてアンコを塗りたくったぐらい、激烈に甘いのだろう。

二人のことが、頼もしいというよりはムカついてきた。

「仕方ないな。あと四十四時間は僕が面倒を見るよ」志村さんが、腰に手を置き、溜め息をつく。

「正しくは、あと四十三時間と十五分です」目黒が腕時計を見て言う。「これを一分でも過ぎると通報します。言うまでもありませんが、衣笠様は警察にも太い人脈がありますのであしからず」

ドキドキして胸が痛くなってきた。

このままだったら、パパが衣笠に殺されるかもしれない。助けることができるのは、ぼくだけなのだ。

四十五分後、銀色の４ＷＤのベンツは、大阪の梅田に着いた。

まず、ぼくたちはパパの部屋を捜索することにした。「な、何か手掛かりがあるかもしれない」とツネオが提案したのである。

車の中の空気は最悪だった。助手席に座っていた志村さんは、目黒のことが気に食わないのかひと言も口を利かないし、桃太郎は爆睡して耳を塞ぎたくなるような鼾をかくし、ツネオは名探偵気取りで推理を組み立てているのか、呪文のようなひとり言をずっと呟いていた。

午後八時——。そろそろ、マルガリータがゲームセンターの仕事から帰ってくるころだ。その前にやってしまわないと。マルガリータのシフトは朝から午後七時までで、仕事が終わると阪神百貨店の地下やスーパーの安売りを狙って、晩ご飯の買物をする。

「急いでください！　靴はそのままでいいですから！」ぼくは玄関のドアの鍵を開けながら志村さんに言った。

狭い我が家（家賃が格安のアパートだ。冬は恐ろしく寒い）に他人を入れるのは恥ずかしかったけれど、緊急事態だから仕方がない。マルガリータはいつも八時十五分には戻ってくる。

「オレは何をしたらええねん！」桃太郎が、やる気満々で叫んだ。

静かにしてくれたらそれでいいんだけど。

「じゃあ君はアパートの前で待っていてくれ。七海君のお母さんが帰ってきたら何とか食い止めるんだ」志村さんが指示を出す。

目黒は、アパートの裏手にある空き地で待っていた。ぼくたちが逃げないように、ツネオを人質代わりに連れている。志村さんのスマートフォンも目黒が預かっている。

「オレ、一人でかよ?」桃太郎が、泣きそうな顔になった。「七海の母ちゃん苦手なんだよなあ」

「会ったことはあるんだろ」

「もちろん、あるよ」

「お母さんは怖い人なのかい」志村さんがぼくに訊く。

「いいえ。どちらかと言えば、底抜けに陽気な人です。生まれも育ちもフィリピンなんで」

「……つまり、本当の母親ではないのか」

「本当の母親は失踪しました」

「えっ」

志村さんが絶句して、また目を潤ませた。

「ぼくの家族構成はどうでもいいんで、上がってください」

志村さんのジャージを引っ張って部屋に入った。

大人たちの同情はウザい。「可哀想に」という目が、さらにぼくを可哀想にしている事実に気づいて欲しい。これじゃ、学校の奴らにいじめられているほうがまだマシだ。

パパは、2DKのひとつを自分の部屋として使っている。ちなみに、もうひとつがマルガリータの部屋兼パパとの寝室で、ぼくの部屋はない。

なぜ、働いていない人間が優雅に部屋を持っているのか抗議をしたいところだが、パパが冒険で使った道具や、戦利品の置き場所がないのだ。四畳半の部屋は、ゴミ捨て場みたいに散らかり、足の踏み場もなかった。

「何を探せばいいかな」ぼくは、志村さんに訊いた。

「と、とりあえずは誘拐に関係あるものかな」

志村さんは、部屋の惨状に驚きながら、曖昧な答えを出した。

「ゆっくりと探してる場合じゃないから、手当たり次第に、ゴミ袋に入れていこう」

ぼくと志村さんは、部屋に転がっているガラクタを拾いはじめた。

変な形の石。変な絵が描かれた板。変な色をした土器。変な匂いのする耳飾り。変な骨……。本物のゴミと見分けるのが至難の業《わざ》だ。

『あっ！　七海の母ちゃんや！　こんばんは！』

表から、桃太郎の大声が聞こえた。棒読みで必要以上に声を張り上げている。

『あれ、桃太郎ちゃんやんか！　こんなとこに一人で突っ立って何してんの！』マルガリータの声も負けじとデカい。

このアパートは、家賃の安さどおりの壁の薄さで、外の音でもかなりクリアに聞こえる。

桃太郎、頼む。うまく誤魔化して食い止めてくれ。

『何もしてません！』桃太郎が、テンパった声で言った。

『七海と勉強してたんやないの』

『違います！』

バカ！　全然、誤魔化してねえじゃんか！

「ヤバい。もう帰ってきたよ。志村さん、逃げないと」ぼくは、声をひそめて言った。

「どこから？」

「ここからに決まってんじゃん」ぼくは、パパの部屋の窓を開けた。

「でも……二階だよね」

「大丈夫。塀に飛び移れるから。そのまま隣の空き地に行けるよ」

「大人の体で、そんな身軽に動けるかな？　塀が壊れたらどうしよう」志村さんが、泣きそうになる。

「ゴチャゴチャ言わずについてきて」

ぼくは、パパのガラクタを入れたゴミ袋の口を縛り、空き地に向かって投げた。ガシャリと音がして、塀の向こうに落ちる。

窓の外には申し訳程度のベランダがあった。そこの柵を乗り越えれば、目の前にアパートと空き地を分ける塀があり、ジャンプをすれば小学生でも届く。バランス感覚とちょっとした勇気が必要だけれども。

『七海はどこにおるの』

『部屋の中にはいません！』

桃太郎とマルガリータの間抜けなやり取りは続いている。

『七海に用がないのに、ここにおるのはおかしいやんか。桃太郎ちゃん、何か隠してるやろ？　本当のことを言うてみ』

『本当のことなんてないです！』

『顔が真っ赤やんか。わかった。七海が部屋に隠れてウチを脅かそうとしてるんやね。そこをどいて』

桃太郎、何やってんだよ！　あと三分でいいからマルガリータを止めてくれ！

『好きです！』桃太郎が絶叫した。

『えっ？　誰のこと言ってるの』マルガリータが驚いた声を出す。

『マルガリータさんが好きです！　愛してます！』

おいおい、苦肉の策とはいえ、人の母親に告白してんじゃねえよ。

『その気持ちは真剣なん？』

マルガリータも真に受けてんじゃねえよ！

『オレと付き合ってください！』

『あかんよ。ウチには愛する夫がいるんやから』

バカな作戦だけれども、これで時間は稼げそうだ。

「ぼくから行くね」

ぼくは、ヒラリとベランダの柵を乗り越えた。

気のせいか、京都に行ってから体が異様に軽い気がする。それに、ピンチになればなるほど、頭が冴《さ》えてくるのがわかる。

あの衣笠邸の高い石段を飛び降りてから、ぼくの体の中で何か変化が起きているのはたしかだった。

まさか、パパから受け継いだ冒険家の血が騒いでるとかだったらやめて欲しい。

ぼくの夢は平凡な人生を送ることなんだよ！

柵から手を離し、ベランダを蹴った。

気持ちいいぐらい、周りの景色がスローモーションになる。空き地に停めた銀色の４ＷＤのベンツの運転席に座っている目黒の表情まで確認できる。目黒は、飛んでいるぼくを見て、ポカンと口を開けていた。

やったぜ。鉄仮面の目黒を驚かせてやった。

何と、ぼくは塀を飛び越えて、二階の高さから直《じか》に空き地へと着地した。無意識に体が動き、地面を転がって膝への衝撃を和らげる。

「す、凄い……」窓から顔を覗かせている志村さんも目を見開いて驚いている。「七海君、サッカーに興味ないか」

「ないよ!」

今、ぼくの興味はパパだけだ。どうして、風子ちゃんを誘拐したのか、本当に過去に人を殺したのか、それを訊くまでぼくの冒険は終わらない。

待ってろよ、パパ。ぼくが絶対に見つけてみせるからな。

15

ぼくたちは、銀色の4WDのベンツを移動させて、パパのガラクタを調べることにした。手頃な場所がなかったので、新淀川の堤防まで走ってもらった。パパが改造した自転車で〝鳥人間〟になって飛び(と言っても三十センチほどだ)、警察官への暴行罪で逮捕された因縁の地だ。

あのときは青空が広がっていたけれど、今は夜だ。夜の暗さに心理的な暗さもプラスされて、どん底まで落ち込みそうな気持ちになる。しかも、なぜか、カーステレオからは井上陽水のダークな曲が流れているんだよね。

「この曲何だよ。『都会では自殺する若者が増えている』って歌ってるぞ」助手席の志村さんが、顔をしかめた。

「井上陽水の名曲、『傘がない』です」目黒が、無表情で答える。

「好きなのか」

目黒が太い首を曲げて頷いた。「衣笠様がいるときは聴けませんが」

いないときにコッソリと聴いているということか？　図体《ずうたい》のデカい目黒が、車の中独りで、このメロディを聴きながら微笑《ほほえ》んでいる姿を想像してゾッとした。

井上陽水の粘っこいけど澄んだ歌声が車内に響く。ぼくは、この人の歌を初めて聴いたけど、嫌いじゃないと思った。

「何が入ってんねん。ワクワクするな」桃太郎がゴミ袋の中に手を突っ込んだ。「うわあ。何やねん、これ。キモいわ」

動物の骨であろう物体を取り出してしまった桃太郎は、慌ててツネオに渡す。

「こ、これ、ぶ、武器だ」ツネオは取り出したものを冷静に観察しながら言った。

それは、歪《いびつ》なナイフかブーメランのような形に削ってある。パパの手作りなのか、それともジャングルの住人からプレゼントされたものなのか、定かではない。

「他には何がある？」志村さんが、助手席から身を乗り出して訊いた。

「自分でやってや。手を入れんの怖いわ」早くもテンションが下がった桃太郎が、ゴミ袋ごと志村さんに押しつける。

志村さんが、代わりにガラクタを調べはじめた。

貴重な土器らしきものが入っていたけど、ぼくがゴミ袋を二階から投げたせいで粉々になってしまっていた。古代の女王がつけていたような耳飾りはトンコツの匂いがする。たぶん、カップラーメンの汁をこぼしたんだろう。

「これは何の絵だ」

志村さんがA４のノートぐらいの大きさの板を車内灯の下に差し出した。教科書に載ってるような洞窟の壁画タッチの絵が描かれている。

ぼくは目を細めて板に顔を近づけた。

「魚の絵じゃないかな。あとカヌーみたいな舟もあるよ」

アマゾン河を筏で冒険したときにでも見つけたお宝（部屋のゴミの中に埋もれていたが）、といったところか。

「こ、このシミみたいなのは？」

「シミだよ」

思いっきりコーヒーの匂いがする。どれだけこぼせば気が済むのだろう。わざわざアマゾンから持って帰った板を、テーブル代わりに使っていたに違いない。

他に袋の中から出てきたものは、エロ本やエロＤＶＤや風俗の会員カードなどの、さらにロクでもないガラクタばかりだった。

「十歳、何で家庭教師もののエロＤＶＤなんて観てんの？　勉強なんてしてへんくせに」桃太郎がケタケタと笑いながら言った。

「知らねえよ。そのシチュエーションが好きなんだろ」

パパがどんなエロＤＶＤを観ているか、それがどれだけ友達にバレたところで、何とも思わない自分がいる。

慣れって恐ろしい。パパが隠し子（本人も知らなかったから、隠していたわけではないが）の風子ちゃんを誘拐したことで、またパパへの免疫がついてしまった。

ガラクタを見ていたら、変に焦ってきた。パパはどういうつもりなんだろう。普段からお金に執着しているのならまだしも、パパに限っては、一切お金のことを考えずに生きてきた。お金がなくても、サバイバル技術があるから困らないのだ。そして、家族のぼくたちが困っていてもまったく気にしない。

「誰か、鉛筆持ってない？」

ぼくは、志村さんから、絵の描かれた板を奪い取って言った。

「何やねん、急に」桃太郎が眉をひそめる。

「いいから、ぼくに任せて」

なぜだかわからないけど、視界がクリアになってきた。みんなが見えないものが、ぼくには見える。

「ボールペンでいいでしょうか」

運転席の目黒がスーツのポケットから、どう見ても高級品のボールペンを取り出した。セレブの運転手となると、持っている物まで違う。

ぼくはそのボールペンを受け取り、板の右上の部分をシャカシャカと塗り潰しはじめた。

全員が呆気《あっけ》にとられて眺めている。

「おい、何やってんねん！　お絵描きしてる場合ちゃうやろ！」桃太郎が突っ込んでくる。

「よく、見ていてよ」

黒く塗り潰されたところに、数字が浮かんできた。

「あ、暗号だ」ツネオが驚いて鼻をヒクヒクと動かした。

「いや、これは電話番号だよ。ほら、十桁《じつけた》あるだろ」志村さんが、並んでいる数字を数える。

「十蔵さんはこの板の上でメモを書いたんだな」

パパは必要以上に筆圧が強くて、メモをとるときによく紙を破っていた。それにしても、今日の自分の洞察力にはビックリだ。車内は暗いし文字の跡は小さいし、普段のぼくなら絶対に見落としているところだ。

「072からはじまってるで。場所はどこやろ」

「もしかすると、高槻市かもしれない。四桁目が6だろ？　僕の家の電話番号も0726からはじまるんだ」

「じゃあ、パパは高槻に潜伏してるってこと？」

「この番号だけでは何とも言えないけど……」

「とりあえずは行ってみましょうか。手がかりはそれだけなんですし。板を貸してください」

目黒が、板に書かれている数字を車のナビに打ち込んだ。

「何してんの？」桃太郎が興味津々に顔を覗かせる。

「で、電話番号検索。じ、住所がわかる」ツネオが代わりに答えた。

「へえ、めっちゃ便利やん。さすがリッチマンの車やなあ」

カーナビなんて今は大抵の車に付いているけど、でも、ぼくと桃太郎の家には車がなく（梅田に住んでいると、車なんて必要がないし）、ツネオの家には父親の工場の名前が入ったワゴンしかない。三人とも、セレブな生活とはほど遠い小学生だ。

「茨木《いばらき》市ですね」

住所を示す印がナビの地図上に現れた。ここから三十五分と出ている。

「隣の街か……。十蔵さんは、茨木市に知り合いがいるのかい？」

志村さんが訊いてきた。全員がぼくの答えに注目する。

「聞いたことがないよ。パパにちゃんとした友達がいるとは思えないし、そこまで行く交通費さえ持ってない日が多いしさ」

「それは怪しいやんけ。わざわざメモするぐらいやから、最近、知った番号やろ？　風子ちゃんの誘拐に関係あるかもしれへんぞ」

桃太郎の言うとおりだ。パパの記憶力なら、馴染みの電話番号は暗記しているはずだもの。

「パパは逃げてるのかもしれない」ぼくの直感がざわざわと騒いだ。「もしくは、誰かに捕まったのかも」

「誘拐は十蔵さんが立てた計画ではなく、実は黒幕がいて、その真犯人の言いなりに動かされている、とか」志村さんが目を丸くする。

「やっぱり、あの京都のヤーさんたちや。拉致されたんや」

「それは違うと思う」

「何でわかるねん」桃太郎がぼくに突っかかってきた。

「説明できないって。勘だよ、勘」

自分でもよくわからないけれど、そんな気がしてきたのだ。昼間は、Vシネマ風のあの男たちに拉致されたかもと本気で思っていたんだけど。

あんまり褒めたくないけど、パパは、人と仲良くなる才能がずば抜けている。Vシネマ風の男たちは、パパを裏切らないんじゃないかな。だから、そうじゃない誰かが、パパと風子ちゃんを捕まえたんだ……。

さっきから何かがおかしい。

変なアンテナみたいなものが頭の上に立ったみたいに、ぼくの五感のすべてが鋭くなっていた。志村さんが物を考えるときにカチカチと前歯を鳴らすことや、目黒からわずかに柑橘《かんきつ》系の香水が香ってくることや、歯に挟まっている中華料理のカスは生姜に漬け込んだ鶏の脂身だということや、粉々になった土器の欠片に貝殻の粉が混ざっていたこととかが、事細かにわかってきた。

ぼくは進化しているのか？　アパートの二階から飛んだだけで？

でも、これだけは断言する。たとえパパの才能を引き継いだところで、ぼくは絶対に冒険家にはならない。

「じゃあ、誰が十蔵と風子ちゃんを拉致してん」

「……それはわからないよ」

「衣笠様は敵が多いですからね」目黒がボソリと呟く。

志村さんが、青ざめて腹を押さえた。ぼくと同じで、ストレスが胃に来たのだろう。

「まずは茨木市に行って状況を確認しましょう。そこにいるかどうかさえもわかりませんが、何もしないよりはマシですからね」

目黒が、車を発進させた。重苦しい空気が車内に立ち込める。

警察に通報しようにも、何の証拠もないし、このままではパパが誘拐犯にされてしまう。

パパが人質だったら、大人しくしているはずがない。無茶をして殺されるかも……それとも、やっぱりパパの単独犯なのか……。

ぼくの直感が当たろうが外れようが、絶体絶命なことには変わりなかった。

16

ぼくたちは新御堂筋《しんみどうすじ》に乗って、茨木市へと向かった。

銀色の4WDのベンツは、千里中央で中国自動車道に乗り換えて、万博記念公園の方向へと走る。

「うわあ。太陽の塔の目が光ってるやん」桃太郎が、窓の外を指した。

ライトアップされた太陽の塔が、夜の闇に浮かんでそびえ立っていた。目の部分が爛々《らんらん》と輝いている。お腹についた顔は、いつにも増して不機嫌そうだった。たぶん、パパが近くにいるからだろう。

「お、厳《おごそ》かだ……」ツネオが圧倒された顔で見上げる。

太陽の塔の実物を見るのは、幼稚園のときの親子遠足以来だ。あのときは、保護者としてママだけが来てくれた。パパも来る予定だったけれど、遠足の一週間前に「ツチノコを捕まえてくる」と言って出かけていったきり、帰ってこなかったのだ。

ママは、お弁当を食べているときに太陽の塔を見ながら、「ツチノコをママの誕生日プレゼントにしたいんだって……」と溜め息をついた。あとからわかったんだけれど、ツチノコには二千万円の懸賞金がかけられていた。

中国自動車道から万博記念公園の外周の道路に入る。

「昔、あそこにドライブインシアターがあったんですよね」

　珍しく、目黒が自分からしゃべりだした。左手にスーパー銭湯が見える。

「それって何なん」桃太郎が身を乗り出す。何にでも興味を持つことができるのが、コイツの長所であり短所だ（八割は「短所」。桃太郎の好奇心のせいで、いつもぼくたちがトラブルに巻き込まれて害を被る）。

「車に乗ったまま観られる映画館のことですよ」

「マクドのドライブスルーみたいなもんか」

　スルーしてどうすんだよ。映画が観られないだろ。

「目黒さん、観に来たことがあるんだ」ぼくが訊いた。

「学生のころですけどね。『フォレスト・ガンプ』を観ました」

「映画が好きなの？」

「人並みですが」目黒が、照れくさそうに笑う。「衣笠様のもとで働くようになってからは、とんと観てません」

　この人は悪い人じゃないかもしれない。無口だけれど、あたふたしている志村さんよりもいざとなったとき頼りになりそうだ。

　ナビの指示に従い、万博記念公園の外周から阪大病院の横を抜ける道に入った。モノレールの線路の高架下に沿って走る。途中の小道を左に折れ、さらに今通ってきた道の下のトンネルを潜り、ゴルフ場の横の道に出た。左手には大きなネットが張ってある。

「ここが《茨木カンツリー倶楽部》か」志村さんが少し感動した声で言った。

「有名なん？」案の定、桃太郎が食いつく。

「名門のゴルフ場のひとつだよ」

「石川遼はここでプレーしたことあんの」

「もちろん、あるよ」

「優勝した？」

「それはわからないけど、たしか宮里藍ちゃんは優勝したんじゃないかな」

さすが体育会系の志村さんだ。自分の専門分野じゃなくても詳しい。

「ジ、ジャック、ニ、ニクラスは？」ツネオがマニアックな質問をした。

「……ごめん、そこまではわからないよ」

志村さんの引き攣った顔がサイドミラーに映る。

「そろそろ到着しますね」目黒が、ナビをチラリと見て言った。

午後八時五十分――。梅田から神戸、また梅田に戻ってから茨木。たった半日で、かなりめまぐるしく動いている。桃太郎やツネオ、志村さんもぐったりと疲れた様子だったけれど、ぼくは自分でも信じられないぐらい元気だった。何だかよくわかんないエネルギーみたいなのが、脳みその中でグラグラと沸騰してる感じ？　ごめん、何言ってんのかわかんないよね。とにかく、疲れれば疲れるほど、逆に体が軽くなってテンションが高くなってきてるんだ。

ヤバい。このままだと無敵状態になっちゃうよ。

この感覚がどこまでいくのかと思うと怖くなる。今なら、走る車から飛び降りても無傷で着地できそうだもん。

ゴルフ場横の道を抜けると街が見えてきた。十字路の角を左に曲がり、五十メートルほど走ったところで、目黒が車を停めた。

ナビのアナウンスが、『目的地に到着しました』と告げる。

「本当にここなのか」志村さんが、テンパって囁《ささや》き声になる。

「私はナビの指示どおりに運転したままでです」目黒さんが、対照的にしれっと答える。

「みたらし団子って書いてるで」桃太郎が、物欲しそうな顔で言った。空腹が我慢できないらしい。

車は、何の変哲もない和菓子屋さんの前を数メートル通り過ぎて停まった。一軒家の一階部分が店舗になっていて、《名物焼きたてみたらし団子》や《手作りわらび餅》と書かれた紙が入り口に貼られている。

「さすがにこんな時間には営業してないよな」

志村さんが目を細めて店内を覗いた。明かりはついていないし、準備中の札がかかっていた。

「誘拐犯のアジトには見えへんよな」桃太郎も、志村さんの真似をして首を伸ばして目を細める。

「ぼくが確認してこようか」

言葉が勝手に口から出た。心臓がバクバクするけれど、緊張しているわけじゃない。足の裏がむず痒いような、居ても立ってもいられないような感じ。狭い車の中でジッと待っているのが息苦しくって、早く体を動かしたくなる。

もしかして、ぼくはワクワクしてるのか？

「じゃあ、行ってくるね」

車を降りようとしたところを志村さんに止められた。

「七海君、待ってくれ。いくらなんでも一人で行くのは危険だ」

「そうやぞ、誘拐犯がおったらどうすんねん」

「こ、殺される可能性は、だ、大」

桃太郎とツネオも心配そうな顔で言った。

「大丈夫だよ。見つからないようにするからさ」

大丈夫じゃないのは自分でもわかっているのに、体が言うことを聞いてくれない。もうすでに、どうやって和菓子屋の中に潜入するか頭の中でシミュレーションしていた。

まずは、裏口がないかチェックだ。二階にベランダがあるから、そこから中を窺《うかが》うのもいい。和菓子屋の横に立っている電柱をよじ登ればベランダまで行けると思う。電柱からベランダまでの距離は約三メートルだ。思いっきりジャンプすれば届くだろう。もし、電柱を登ってみて、届かなそうだったら、ベルトで即席のロープを作る。桃太郎やツネオ、足りなければ志村さんと目黒のベルトを借りて、結んで繋げればいい。それを投げ輪の要領でベランダに引っかけて――。

待て、待て！　アクションスターじゃないんだから、普通の小学生にそんな離れ業ができるわけないじゃん！

でもなぜか、それくらい余裕でできると思っている自分もいる。根拠のない自信が、みぞおちのところからメラメラと湧いてくるのは、初めての感覚だった。

ヤバい。思考回路までパパに似てきたんじゃないか。

「そうだ、目黒さんが七海と一緒に行けばええんちゃう」桃太郎が運転席を見た。

「私が、ですか」目黒が無表情で振り返る。

「だって、志村さんの十倍は強そうやもん」

「き、筋肉の質が、ち、違う」ツネオも同意する。

プライドを傷つけられた志村さんが、少しムッとした顔で言った。「風子ちゃんを見つけるためだ。頼む」

「かしこまりました」

目黒は、迷うことなくシートベルトを外した。


銀色の4WDを降りたら、虫の声が聞こえた。

すぐ近くにはマンションが建っているし、和菓子屋の周りにも一軒家は並んでるし、そんなに田舎というわけではないけれど、やたらと空気が美味い。この場所には来たことがないのに、何だか懐かしい気さえする。

「いかがいたしましょう。正面突破なさいますか」

ぼくの後ろに目黒が立っていた。運転席は志村さんが代わり、さっきよりさらに十メートルほど離れた路上で、エンジンをかけたままで待機している。さすがに、和菓子屋の目の前に停めておくわけにはいかないので、少し移動したのだ。もしヤバいことがあったら、ぼくたちは車までダッシュしなければいけない。

「それはマズいって。裏口を探そうよ」

人通りがないわけじゃない。五分おきぐらいには、自転車や犬の散歩やジョギングの人たちが通る。

これって、不法侵入になるんだよね？

今さらながら、事の重大さにビビっていた。もし、逮捕されたりでもしたら、少年院に送られるのだろうか。

ここでやめてもいい。無理しなくてもいい。大人しくしていれば、傷つかなくて済むんだから。

心の声がしたが、それとは裏腹に、足が前に進む。全身の毛穴が開き、周囲の気配を感じ取るために意識を集中する。まるで、二人の自分が同時に存在しているみたいだ。ビビっているぼくと、興奮を抑えられないぼく。一体、どっちが本当のぼくなんだろう。

和菓子屋の裏に回ると、小さな庭があり勝手口があった。その奥に、他の一軒家と変わらない玄関がある。庭にはそこそこ立派な木が植わっていた。何の木かはわからないけど、手入れをサボっているのか、かなりの葉が生い茂ってる。

……あの木に登って二階から潜入するのもアリだな。

だから、アリじゃねえって！　それじゃ、本格的な泥棒じゃないか！

勝手口に近づくと、《徳田》と表札がかかっていた。和菓子屋さんの看板は《徳屋》だったから、店を経営している人が住んでいるのだろう。外から見る限り、どの部屋も明かりはついていない。留守で誰もいないように思える。

本当にここの住所で合ってるの？

ただ、パパがこの和菓子屋の電話番号をメモしたことは間違いない。そして、わざわざ、みたらし団子のためだけに梅田から茨木市まで通うとも思えない。必ず、ここにヒントがある。

「防犯カメラはありませんね」目黒が辺りをチェックする。「とりあえずは、鍵がかかっているか調べましょうか。もしくは客のふりをして、和菓子屋に電話をかけて状況を確認するという手もあります」

何とも頼もしい運転手だ。衣笠諭吉のボディガードもやっているくらいだから、喧嘩だって相当強いのだろう。

「ねえねえ、目黒さんは、格闘技をやってるの」

「多少は。自慢できるほどではありませんが。柔道と空手とグレイシー柔術をかじっております」

かじっている程度じゃないことは、体つきを見ればわかる。

ここに誘拐犯が何人いるかはわからないけれど、銃でも乱射しない限り、目黒には勝てないだろう。

「じゃあ、和菓子屋に電話をかけてみようか。目黒さん、ケータイある？」

「あります。私がかけましょう」

目黒が、スーツの内ポケットからスマートフォンを出して、タップした。もう、和菓子屋の電話番号は頭に入っているみたいだ。

もし、誰も電話に出なければ、忍び込むチャンスだ。ただし、誘拐犯が潜んでいて電話を取らない可能性もある。判断をひとつ間違えれば命取りだ。

嫌なイメージが頭に浮かんだ。

パパと風子ちゃんがすでに殺されていたらどうしよう……。

衣笠諭吉の孫娘を誘拐するぐらいだから、敵はかなり凶悪な連中のはずだ。日本人とも限らない。目的のためなら人の命など簡単に奪うような、血も涙もない外国人マフィアだったら、いくら目黒が強くてもヤバいことになるよ。

でも、外国人マフィアが和菓子屋をアジトにはしないか？　やっぱり、日本人の悪党か？

混乱してきた。こうなったら、もうヤケクソだ。どっちだっていいよ。誰が相手でも、絶対にパパを助けてみせるから。

いきなり、首の後ろの毛がゾクリと逆立った。

殺気だ。誰かがぼくらを狙っている。

「目黒さん！　危ない！」

スマートフォンを耳に当てている目黒が顔を上げた。

「どうしました？」

「逃げたほうがいいよ」

目黒さんが眉をひそめて周りを見る。「誰もいませんが」

「説明できないけど、危ない予感がするんだ」

「また勘ですか」目黒がクスリと笑う。「しかし、一刻も早く風子さんを助けないと――」

目黒が、笑ったままの表情でグラリと体勢を崩した。いつのまにか、首筋に羽根みたいなものが突き刺さっている。

「えっ？　それは？」

目黒が体をふらつかせながら、羽根を引き抜いた。よく見ると、ダーツぐらいの小さな矢だ。

誰が投げたんだよ？

どこにも人の姿は見えない。でも、首に命中させるには、ある程度の距離まで近づかないと無理なんじゃ……。

「すみません。不覚を取りました」

目黒が小さく呻き、膝をつく。完全に意識が朦朧《もうろう》としている。

ガサリと音がした。庭にある木の葉が揺れる。

「よう、七海。よくこの場所がわかったな」

パパが、葉の間から顔を出した。

な、何で木に登ってるんだよ！　ていうか、こんなとこで何してんだよ！

あまり華麗ではない動きで木から降り、勝手口の扉を開けた。手に細長い棒を持っている。

「よっこらせ、と」

「それ、何？」

「吹き矢だよ。手作りだぞ。どうだ、凄いだろ」パパが得意げに胸を張った。「こんなに早く見つかってしまうとは思わなかったけど、用意しておいて良かったよ」

「凄くなんかないよ！　目黒さんが倒れちゃったのは何でなんだよ！」

「矢の先に毒を塗ったからな。作り方はラツカ・ンチンブ族に教えてもらったんだ。ある植物の根っこを水に漬けて作るんだけど、教えないぞ。真似されると危ないからな」

「真似するわけないだろ！　人殺し！」

「大丈夫。死にはしない。全身が痺れて吐き気と目眩がするだけだ。水を飲んで横になっていれば三時間ぐらいで回復するよ」

それでも立派な犯罪だってば。

「ふ……風子さんは……」

目黒が立ち上がろうとしたけれど、グデングデンの酔っ払いみたいに、二、三歩進んでひっくり返る。

「ここにおるよ」

勝手口の奥にある玄関のドアが開いた。

玄関から出てきた少女を見て、ぼくの心臓は、握り潰されたように破裂した。

実物の風子ちゃんだ。写真よりも髪が長く、少し大人びた雰囲気がある。白のタンクトップの上に赤と黄色のチェックのシャツを羽織り、デニムのホットパンツから伸びる脚が信じられないぐらい長い。

「紹介する。お前のお姉ちゃんの風子だ」

「ど、どうも……」

カッコ悪いけど、緊張しすぎて擦《かす》れた声しか出ない。

パパが今度は風子ちゃんにぼくを紹介する。

「お前の弟の七海だ」

「初めまして」

ニコリともせず、ぼくを睨みつけるような目で見つめる。

「あの……パパ、説明してよ。一体、ここで何してんの」

「あれ？　目黒から聞かなかったのか」

「聞いたよ。パパが風子ちゃんを誘拐したって」

「そのとおりだ」

パパが、何の悪気もなくあっけらかんと答えた。横に立っている風子ちゃんもそれが当たり前のような顔をしている。

「もう一回聞いてもいい？」

「いいぞ」

「マジで誘拐したの？」

パパが深く頷く。「今まさに誘拐中だ」

めちゃくちゃだ。信じられない。父親が誘拐犯になってしまうなんて。

「和菓子屋さんで何してたんだよ」

「べ、別に何だっていいじゃねえか。また、今度、説明する。今は時間がないからな。それより、どうしてここがわかったんだよ」

　急にパパがしどろもどろになった。きっと、ぼくに知られたくない秘密がこの和菓子屋にあるんだ。

「電話番号から住所を割り出したんだ。パパ、自分の部屋で番号をメモしたろ」

「したけど、あのメモは俺が持ってるし……」パパがハッと驚いた顔になる。「まさか、俺の部屋に隠しカメラを仕掛けてんのか」

「なわけないだろ。そんなお金がうちのどこにあるんだよ。給食費もまともに払えないのにさ」

　言ってしまってから後悔した。わざわざ、風子ちゃんの前で貧乏をアピールしなくてもいいのに。恥ずかしくて、顔面が熱くなる。

「まあいい。とにかくそういうことだ。逃げるぞ、風子」

「うん」

　パパと風子ちゃんが、この場から離れようとした。目黒がアスファルトに這《は》いつくばりながら手を伸ばして、何とかパパを捕まえようとするが、ヒラリとかわされる。

「目黒、ゴメンな」風子ちゃんが謝った。「おじいちゃんに、ちゃんと身代金を払うように言うといて」

あまりにも人質らしくない台詞だ。どちらかと言えば、誘拐犯のパパに協力的に見える。

「ど、どこに逃げるんだよ」

「バカ、それを教える誘拐犯がいるかよ」パパが笑いながら、ぼくの頭を撫《な》でた。「さっきは、よくぞ狙われていることに気づいたな。さすが、俺の息子だ」

全然、嬉しくないけど、ちょっぴり胸が熱くなってきた。パパがぼくを褒めてくれたなんて、いつ以来だろう。

風子ちゃんが、クスクスと笑う。

「なんか、おもろい親子やね」

笑うと抜群に可愛い。テレビに出ている大人数だけがとりえのアイドルなんて足元にも及ばない。夜だけど、風子ちゃんの周りが輝いて見えた。

「そうだ。七海、お前も来るか？　一緒に誘拐しようぜ」

「するわけないだろ」

「だよな。じゃあ、またパパを見つけ出してくれよ。あばよ」

パパと風子ちゃんは、あっという間に走り去ってしまった。

ぼくは、追いかけようとして、やめた。二人が無事なのはわかったし、目黒を放っておけないし、和菓子屋の秘密を探るのが先だ。

「面目ない……」

目黒が泣きそうな顔になる。いつもは無表情なだけに、余計に可哀想だ。

閉まっていた玄関のドアが、また開いた。

ぼくは、驚きすぎて、目黒の横に尻餅をついてしまった。

和服を着た女の人が、優しい微笑みを浮かべてぼくを見下ろす。

「元気にしてた？」

ぼくは、震える声で、女の人に言った。

「ママ、こんなとこで何してんの」

17

一時間後、ぼくたちは、和菓子屋のすぐ近くにあった総合病院のロビーにいた。

受付の時間外なので照明が落とされていて、非常灯だけが緑に光っている。深海に潜る潜水艦に乗っている気分だ。

ぼくと桃太郎とツネオが同じソファに並んで座っていた。向かいのソファに座っているのが江夏由実——。

去年から失踪していたぼくのママだ。和服姿がやけに板についていて、息子のぼくが言うのもあれだけど、妙に艶《なま》めかしい。

何でこんな最悪なタイミングで現れるんだよ。て、いうか、ママはあの和菓子屋に住んでるの？　一体、誰と？　パパはママの居場所を知ってたのか？　何のために誘拐した風子ちゃんを連れてママに会いになんか行ったんだよ。

頭の中が、暴走するジェットコースターみたいに混乱する。ママに訊きたいことが山ほどあるのに、核心を突いたら、またぼくの前から消えてしまいそうで怖くて訊けなかった。

どうして、ぼくを捨てて家を出たの？

ママは、さっきからずっと黙ったままだ。久しぶりにぼくと会うのが気まずいんだろう。

どうしよう？　マルガリータのことは言わないほうがいいよね。もしくは、パパのことだから、とっくに自分で伝えているのかな……。

ちくしょう。パパもママも、十一歳の少年にこんな辛《つら》い思いさせるなよ。

悔しくて恥ずかしくて悲しくて、耳の裏まで熱くなってきた。

「志村さんと目黒の奴、このまま死んでまうんかなあ」

桃太郎が、重苦しい沈黙を破った。ただ、言葉も重たいので、余計に暗い雰囲気になった。

「に、人間はそう簡単には、し、死なない。ナ、ナイアガラの滝に飛び込んで、た、助かった人もいる」

ツネオが、よくわからないフォローをする。

目黒はパパの吹き矢攻撃の犠牲になり、あのまま意識を失った。医者は、吹き矢で襲われた人間を診るのが初めてで（そりゃ、そうだ）、「毒物が特定されない限りは何とも……」と弱気な顔をしていた。

志村さんは、もっと深刻だ。パパに車を奪われ、風子ちゃんを乗せて走り去ろうとするところを、よせばいいのに身ひとつで追いかけたのだ。

ひと昔前の刑事ドラマみたいに、４ＷＤのベンツの屋根に飛び乗った志村さんを見て、残されたぼくたちは唖然《あぜん》とした。いくら、元ゴールキーパーだからといって、車をキャッチできるわけないのに。

案の定、三十メートルほど走ったあと、曲がり角で志村さんは振り落とされた。そのとき、アスファルトに頭を強打し、目黒と同様、意識不明の重体になっちゃったんだ。

救急車を呼んで、二人とも病院に運んだ。不幸中の幸いは、ママがいたことだ。子供のぼくたちだけだったら、下手すりゃ通報されて警察に保護されるハメになったかもしれない。

ただ、その〝幸い〟がぼくを苦しめる。

とうとう、ぼくはママに面と向かって質問した。

「ママ、あの和菓子屋に住んでるの」

十秒間の沈黙のあと（ぼくには永遠に思えた）、ママが口を開いた。

「そうよ」

金属バットのフルスイングで後頭部を殴られたような衝撃を受けた。

ぼくも、意識を失って入院したいよ。桃太郎とツネオをチラリと見ると、二人とも歯を食いしばって白目になっている。

次の質問はしたくない。でもしなきゃ。

ぼくは大きく息を吸い込み、精神力マックスで勇気を振り絞った。

「誰と住んでるの？」

「ママの好きな人」

今度は即答だった。たぶん、ママはヤケクソになっているのだろう。ぼくの質問にかぶせるようにして答えてきた。

「それって、パパのことじゃないよね」

当たり前じゃん。パパはぼくとマルガリータと住んでるんだから。ダメだ、史上最高にテンパってるよ。

「パパとは違う人」

「ぼくの知ってる人？」

「ううん。七海は知らない」

ママが、伏し目がちになり、ぼくから目を逸らしはじめた。それでも、なんとか真実を伝えようとして、辛そうな顔でぼくを見る。

その男がどんな奴か、想像するだけで吐きそうになってきた。

「いつから、その人のことが好きなの」

ママが答え辛そうに口を歪《ゆが》める。ぼくは、追い打ちをかけるように質問を続けた。

「ぼくとパパと一緒に暮らしているときから浮気してたの？」

ママは、慌てて首を横に振った。ぼくが〝浮気〟という言葉を使ったことに驚き、明らかに傷ついている。

「じゃあ、ぼくたちの前から消えてから、その人と出会ったの？」

ママが、今度はゆっくりと、首をまた横に振った。

「その人とは、幼馴染みなの」

「ママはパパとも幼馴染みなんだろ」

「そうよ。パパとママはその人と仲良しだったの」

女一人に男二人？　少女漫画によくあるパターンの三角関係？

ぼくの知らないところで何があったんだよ。冒険家と和菓子職人の間で揺れ動くママの女心にムカついてきた。

「パパとは離婚するんだね」

「うん。さっきパパがママに会いに来たのは、離婚届を渡すためだったの」

不思議と涙は出なかった。その代わり、胸の奥にデカい石がズシリと置かれたような感じがした。

自由に、息ができない。体が重くなってきて、このまま、ズブズブと病院の床に沈んでいきそうな気がした。

「ぼくには何の相談もしてくれないんだ」

「……ごめんね」

次の質問が、一番嫌だった。嫌だけど、一番訊きたいことだった。

「どうして、ぼくを捨てたの？」

ママは答えることができず、鼻水を啜《すす》りながら唇をわなわなと震わせた。

「泣いたらあかんぞ」桃太郎が立ち上がり、ママを睨みつけた。「泣く資格はないで。いくらなんでも勝手すぎるわ」

「な、泣くなら、ト、トイレで泣け」

ツネオも立ち上がり、桃太郎の横に並んだ。二人とも、なぜか号泣している。

おいおい、お前らが泣くんじゃねえよ。

ママが両手で鼻と口を押さえて、逃げるようにロビーの隅にあるトイレへと駆け込んだ。

「よしっ。泣いてもええぞ」

桃太郎が、ポンと優しくぼくの肩に手を置いた。ツネオも「泣け」とばかりに頷く。

「泣けないってば」

「なんでやねん。オレらがおるから恥ずかしいんか」

「タイミングを逃したというか、そんなに悲しくないっていうか」

桃太郎とツネオが顔を見合わせる。

「さ、さすが十歳の息子。メ、メンタルの強さの桁が違う」

「やめろって。あんな奴と一緒にすんな」

ぼくだって悲しいに決まってるだろ。でも、人間はあまりにもショックな出来事があると、脳みそと心がオブラートに包まれたみたいに麻痺《まひ》するんだと、今、学んだ。まるで、目の前で起こる出来事が映画みたいで、ぼくは客席からそれを眺めている感じと言えばわかってもらえるかな。

わかるわけないよね。

とにかく、一人になりたい。一人で布団に包《くる》まってぐっすりと寝たい。目が覚めたらちゃんと現実を受け入れて、涙が出ると思うから。

「七海は、これから、今までどおり十蔵と暮らすんか。それとも、母ちゃんに引き取られんのかな」桃太郎が、心配そうに言った。

「知らないよ」ぼくは、ぶっきらぼうに答えた。

今はそんなことを考えたくない。どっちも嫌に決まってるじゃん。

もう、一人で生きてやる。

「メ、メンタルの、か、怪物」

ツネオが、興奮しながら言った。そんなキラキラした眼差《まなざ》しでぼくを見るのはやめてくれってば。

眠たそうな看護師さんが、パタパタとサンダルを鳴らしてやってきた。

「患者さんお二人の意識が戻りました。安静にしなければいけないので、まだお話はできませんが」

よかった……。とりあえずは安心だ。

看護師は、「また明日の朝に来てください」と言って、救急病棟に戻っていった。

「オレたちどうするねん。さすがに今から家には帰られへんぞ」桃太郎が、不安げな表情で壁にかかってる時計を見た。

　午後十一時三十分を回っている。ここは梅田から遠く離れた茨木で、どこに駅があるのかもわからない。

「わ、和菓子屋に、と、泊らせてもらうのか」ツネオが横目でトイレを見た。

　ママが、トイレから出てくる様子はない。出てきたら、ツネオの言うとおり、和菓子屋に連れていかれるだろう。こんな夜中に、ぼくたちだけで家に帰すわけがない。マルガリータには、病院に来る前に「先生のところで勉強合宿する」と嘘をついていた。

　誘拐のことは言っていない。ママも知らないみたいだ。パパは離婚届をママに渡すと同時に、風子ちゃんを「俺の隠し子だ」とでも紹介したのだろうか。パパならやりかねない。

「みたらし団子、食べさせてもらえんのかな」桃太郎が期待した顔で言った。「いちご大福も食べたいけど」

「和菓子屋には泊らない」

　ぼくは、桃太郎とツネオに宣言した。これ以上、ママの顔は見たくないし、ママが好きになった男に会うのは、絶対に嫌だ。

　今度は、ぼくがママの前から消えてやる。

　ぼくは、大股で病院の玄関へと歩きだした。

「おい、七海。どこに行くねん」

「じ、自分を、み、見失うな」

桃太郎とツネオが追いかけてくる。

大きな声を出すなよ。ママに聞こえるだろ。

「パパを探すんだ」

「て、ことは十蔵と暮らすんか」

「そんなわけないだろ。パパを捕まえて、警察に突き出してやる」

本気だ。あんな父親なんて、一生刑務所暮らしをすればいい。今まで好き勝手やってきた罰を、神様の代わりにぼくが与えてやる。

「おい、待てや！　七海！」

病院を出ても、桃太郎とツネオがついてきた。

車がほとんど停まっていない病院の駐車場に、桃太郎の声が響き渡る。

夜だというのに蒸し暑い。クーラーが効いている場所から出てきたばかりなのに、むわっと全身に汗が浮いてきた。

「どうして、ついてくるんだよ。和菓子屋にみたらし団子を食べに行くんだろ」

「みたらしは、もうええわ。オレらも一緒に十蔵を探したる」

桃太郎の言葉に、ツネオも真剣な顔で頷く。

「これは、ぼくとパパとの戦いなんだ。お前らには関係ないだろ」

「か、関係ある。と、友達だからな」

直球すぎるよ。これは青春映画じゃないんだぞ。

グズグズしていたら、ママが追いかけてくる。

ぼくは、全速力で走りだした。駐車場から信号を無視して道路を渡り、住宅街を抜けて走り、大きな通り沿いを突っ走り、歩道橋の階段を駆け上がったところで足がもつれて倒れ込んだ。

心臓が爆発しそうだ。体が鉛《なまり》のように重くなって、もう走ることはできない。

それでも、ぼくは歩きだした。どこに向かっているのかは自分でもわからないけれど、とにかく、すべてから逃げ出したい。

「逃げんなや！　ボケ！」

歩道橋の真ん中で、背中にドロップキックを食らった。威力からして、桃太郎だ。ぼくは一回転しそうな勢いでずっこけた。

「痛《い》ってえなあ！　何するんだよ！」

立ち上がろうとしたところを桃太郎とツネオに押し潰された。

「ぼ、冒険は、ま、まだ終わってない」

「冒険なんかじゃないだろ。史上最低な家族の揉《も》め事だよ」

そう言ったあと、気がつくと、ぼくは泣いていた。背中が痛かったわけじゃない。ママに好きな人がいたからじゃない。

理由はわからないけれど、涙が止まらなくなった。桃太郎とツネオが、ぼくの胸の奥にあった石を粉々に割ってくれたんだ。

「オレたちにとっては、最高の冒険なんじゃ」

「人の不幸で楽しむなよ」

「た、楽しい冒険なんてない。く、苦しいのが冒険だ」

「そうや。七海が不幸だとオレらも苦しいねん。だから、三人で力合わせて乗り越えるんじゃや」

桃太郎がぼくの胸ぐらを摑み、激しく揺さぶった。二人とも熱くなりすぎて涙目になっている。

めちゃくちゃな理屈だ。コイツらは救いようのないバカだ。

でも、嬉しかった。

「意味わかんねえよ」ぼくは、泣きながら笑った。

18

二万三千五百円。

これが、ぼくたちの手元にある全財産だ。

ぼくのヘソクリから持ってきた二万円とツネオの財布に入っていた三千円。桃太郎は財布すらなく、ポケットの小銭をかき集めたら五百円あった。

あとは、ツネオの背中のリュックサックに入っている〝発明品〟だけだ。三人とも携帯電話を持っていないから、知り合いと連絡は取れない。

まさに、八方塞がりじゃん。

「オレらだけでウロウロしてたら、警察に補導されるで」

ぼくたちはJR茨木駅から反対方向へと歩いていた。なるべく目立たないように、路地裏に入り、暗がりを選んだ。

最初は、終電前の電車に乗って梅田に戻ろうとした。でも、桃太郎の言うとおり、こんな時間だし、小学生だけだと駅員に通報される恐れがある。もちろん、朝までコンビニで過ごすのもダメだ。

「漫画喫茶もアカンよなあ。カラオケも絶対に入れてくれへんし」

ぼくたちは、現実に直面し、早くも打ちのめされた。

所詮、子供なんだ。大人がいないと夜の街を歩くこともできない。

午前零時――。虚《むな》しく、時間だけが過ぎていく。衣笠諭吉のもとへ、パパから身代金要求の電話がかかってきたのが昨日の午後二時半だから、タイムリミットまであと三十八時間と三十分。目黒は、一分でも過ぎれば通報すると言っていた。あの男なら、入院中でも忠実に任務を遂行するよね。

「思い切って、タクシーに乗ってみようぜ」

ぼくは、二人に提案した。

「それこそ、あかんやろ。絶対に停まってくれへんて」

「さ、三人の子供がタクシーを拾うなんて、か、怪談ばなしだ」

「タクシーを停めるんじゃない。呼ぶんだ。電話だったら、子供だってバレないだろ。ぼくとツネオは声変わりしてないからダメだけど」

「オレかって、まだ声変わりしてへんぞ」

桃太郎が露骨に嫌そうな顔をした。

「ぼくらより低い声をしてるじゃん」

「く、口調も、お、おっさん臭い」

「ヒゲの生えてるツネオのほうがおっさん臭いやろ。まったくどんだけ人使いが荒いねん……」

おいおい、「七海が不幸だとオレらも苦しいねん」とか、カッコつけてたくせに、さっそくグチるのかよ。まあ、そのほうが桃太郎らしいけど。

「でも、タクシー呼んだところでどこに行くねん」

「京都だよ」

桃太郎とツネオが顔を見合わせた。

「まさか、衣笠の爺さんに会いに行くんか」

「今はそれしか思いつかない」

「に、二万円で、き、京都まで着けるのか」

「たぶん、大丈夫だと思う」

足りなかったら、大金持ちの衣笠諭吉に出してもらえばいい。風子ちゃんを取り戻すためなら、経費はいくら使ってもいいって言ってたことだし。

今、ぼくたちが頼れる大人は他にいない。

「あの爺さんのとこに行くのヤバいんとちゃうかな。大事なボディガードを入院させちゃったし、目の前にいた風子ちゃんをみすみす逃がしてもうたしな」

「れ、烈火の如く、い、怒り狂うぞ」

「いや、怒らないと思う。逆に喜ぶと思うよ」

「何で、そう言い切れるねん」

「だって、風子ちゃんがとりあえず無事だったことがわかるんだ。衣笠の爺さんにすれば、とりあえずは安心できるニュースだろ」

ぼくは、確信を持って言った。パパ譲りの勘かもしれないけれど、そんな気がして仕方がないのだ。衣笠諭吉と初めて京都の豪邸で会ったとき、孫娘の風子ちゃんに対する強烈な愛情を感じた。

「衣笠の爺さんに会って何て言うねん。目黒が使いもんにならんくなったから、他のボディガードを貸してくれってお願いするんか」

ぼくは、ゆっくりと首を振った。

「もうボディガードはいらない。ぼくがパパを見つけるから、資金を提供して欲しいって頼む」

「つ、つまり」ツネオが目を白黒させた。「し、小学生三人だけで探すのを認めろってことか？」

ぼくは頷き、桃太郎を見た。「一緒に力を合わせて乗り越えてくれるんだろ」

桃太郎が顔を引き攣らせながら言った。

「衣笠の爺さんにいくら貰うつもりやねん」

「現金じゃなくて、カードを借りる。そのほうが何かと便利だ」

また、桃太郎とツネオが顔を見合わせた。二人とも、ぼくの勢いに戸惑っている。

タイムリミットがあるのに、お金のことで時間を取られたくない。言ってみれば、衣笠諭吉は、ぼくの冒険のスポンサーだ。お金をケチられたら、冒険が失敗する確率が跳ね上がる。

「七海、どんどん大胆になっていくなあ。夏休み前と比べて別人みたいやぞ」

「自分でも、そう思うよ」

「か、覚醒だ」ツネオが目を輝かせた。

ぼくたちは、コンビニの公衆電話でタクシー会社に車の呼び出しの電話をかけた。ぼくとツネオは、巡回のお巡りさんがふいにやってこないか、見張りにつく。当然、コンビニの店員の動きもチェックする。

ラッキーなことに、店員はやる気のない大学生風の男で、レジのカウンターの中で欠伸をしながら週刊誌を読みふけっている。

「タクシーを一台回してくれや」桃太郎が、酔っ払ったおっさんの演技で電話をしている。

「茨木市立中央図書館ってあるやろ。あの前に三人の子供と立ってるわ」

図書館の場所は、このコンビニから三分ほどだ。さっき、歩いているときに確認した。

桃太郎の熱演は続く。体は小学生のくせに、声はおっさんだからおかしくてしょうがない。

「何分ぐらいで来れるねん。十五分やと？　もっと早く来てくれな困るわ。わし、今からスナックに呑みに行きたいんじゃ」

どんな設定だよ。まあ、ここは桃太郎に任せるしかないんだけど。

「もし、わしがおらんくても子供らに行き先聞いて送ったってくれよ。ちゃんと金は渡してるからな」

そこまで言うのかよ。怪しまれやしないかドキドキしてきた。

桃太郎が電話を切り、満足げに笑みを浮かべた。

「我ながら完璧な演技やったわ。将来の夢はパイロットをやめて、映画俳優にしようかな。お前ら、どう思う？」

思いっきり、「全然、向いてないぞ」と反対したいけれど、それは冒険が終わってからにしよう。

きっちり十五分後に、黄色いタクシーがやってきた。

「緊張して、オシッコが漏れそうやわ」桃太郎が内股になって、背筋を伸ばす。

「し、自然に、ふ、ふるまえ」ツネオがガタガタと震えながら言った。

そもそも、こんな深夜に小学生の子供たちだけで茨木から京都に向かうのなんて、不自然極まりない。いくらツネオが老け顔でヒゲが生えてるとはいっても、さすがに大人には見えない。夏休みとはいえ、良識のある大人なら疑って当然だ。

タクシーの運転手に通報されたら終わりだ。そのまま警察まで運ばれる可能性もある。

「近藤さん？」

ぼくらの前でタクシーが停まり、運転手が顔を覗かせた。近藤は、桃太郎の名字だ。

運転手は、珍しく女の人だった。中年の人のよさそうなおばさんで、ちょうど、ぼくたちの母親ぐらいの年代だ。

ホッとした気配が、両側に立っている桃太郎とツネオから伝わってきた。ラッキーだ。怖そうなおじさんよりは断然いい。

「はい。そうです」ぼくはあらかじめ用意していた台詞をしゃべった。「今さっきまでお父さんがいたんですけど、行きつけのスナックに呑みに行ってしまいました」

「そうなの？」運転手のおばさんが眉をひそめる。

「ぼくたちだけで帰るようにとお金を渡されました」

「お、お兄ちゃん、ね、眠いよお」

末っ子役のツネオが、ぼくの腕を摑んでグズる。一番、体の大きい桃太郎が長男で、次男がぼくという設定だ。

「あんたら兄弟？　全然、似てへんわね」

しまった。老け顔のツネオを長男にすべきだった。後悔してももう遅い。

「全員、お母さんがバラバラなんです」

これも、ぼくのアイデアだ。友達よりも兄弟にしておいたほうが、運転手の同情を誘える。

「父さんは遊び人なんです」桃太郎が、アドリブで余計な台詞を挟んでくる。やっぱり、俳優には向いてない。

「京都まで行ってください」

「京都？」運転手のおばさんの顔に怒りが滲《にじ》み出る。

ここで、ダメ押しのひと言だ。

「早く帰らないと、母さんが心配してるんです」

運転手のおばさんが、やり切れないといった感じで溜め息をつき、後部座席のドアを開けてくれた。

「とりあえず、乗りなさい」

やった！　作戦が成功した！

運転手が女の人で助かった。母性本能、万歳だよ。

ぼくたちは、勝利の喜びを嚙みしめながらタクシーに乗り込んだ。

「スナックの名前、教えなさい」

運転手のおばさんが、額に青筋を浮かべながら振り向いた。

……本気で怒ってるよ。

ぼくたち三人はチラチラと目を合わせた。

非常にヤバい。スナックの名前までは考えてなかった。

「ぼくたちは、早く家に帰りたいんですけど」

「お、お兄ちゃん、ね、眠いよお」ツネオが、慌ててフォローする。しかし、ひとつも眠そうじゃない。

「ええから、スナックの名前は？　こんな夜中に子供をほったらかす親なんて信じられへんわ。完全な虐待やないの」

運転手のおばさんが、頭から湯気を出しそうな勢いでまくし立てる。

「ぼくたちは大丈夫ですから、気にしないでください」

ぼくは、必死でおばさんを宥《なだ》めようとした。

実際、隠し子を誘拐して十億円要求するなんてことに比べれば、こんなことは虐待でもなんでもない。

「ええから、おばちゃんに任せとき。あんたらのお父ちゃんに文句言うたるからな。一発ぐらい殴らんと腹が立って京都まで運転でけへんわ」

ラッキーなんかじゃない。アンラッキーだ。典型的な〝大阪のおばちゃん〟のタクシーに乗り込んでしまった。

どことなく、運転手のおばさんの顔が吉本新喜劇に出てくる人に見えてきた。

「お、降ります」

「あかん！」

ぼくたちがドアを開けようとしたら、運転席からロックをかけられた。

これ、拉致監禁ですよね？

「自分たちで、父さんを探します」

元からその予定なのだ。他人のお節介なんて迷惑でしかない。

「ここであんたたちを道に放り出したら、おばちゃんも虐待したことになるんよ」

「こう見えて、ぼくたちは自立してるんです」

ぼくは、運転手のおばさんの目をしっかりと見て説得を試みた。どんな相手でも熱意さえあればわかってもらえる。

「小学生が何抜かしてんの。警察に連れていくで。そうなったら、あんたらのお父ちゃんは逮捕や。犯罪者になってまうねんで」

「……困ります」

すでに犯罪者なんだってば。

それにしても、どうして、大阪のおばちゃんてのはこうも人の話を聞いてくれないのだろう。「どんな相手でも」の中に、大阪のおばちゃんは入ってなかった。桃太郎もよく、「大阪のおばちゃんは人類の突然変異や。たぶん、地球がエイリアンに侵略されても生き残りよるで」と言っている。

「ええから、スナックの名前は！」

運転手のおばさんの大声にビクンとなった桃太郎が、反射的に答えた。

「マルガリータ」

おい！　勝手に、人の義理の母親の名前を出すなよ。

「スナックのわりには洒落た名前やね」運転手のおばさんが眉間《みけん》に皺を寄せる。

「カタカナではなく、ひらがなで『まるがり～た』やねん。り～たは波線」

「うん。そっちのほうがスナックっぽいわ」

そんな変な名前の店、あるわけないだろ……。

ぼくとツネオは、同時にガックリと肩を落とした。


三十分後――。そんな変な名前の店が見つかった。

まさに、リアル〝嘘から出た実《まこと》〟だ。国語のことわざの授業で習ったときは、「B級コメディ映画じゃないんだから、現実世界でそんなに都合よくマコトになってたまるかよ」と鼻で笑っていたのに。

今、ぼくたちの目の前には『まるがり～た』と書かれた看板がある。り～たの波線まで同じだ。

「ありえへん」

言いだした張本人の桃太郎が茫然とした顔で呟く。

どうして、こんなに早く見つかったのかというと、運転手のおばさんがタクシー無線を使って情報提供を呼びかけたからだ。

タクシー運転手の情報力は半端じゃない。「総持寺《そうじじ》にある」という情報を入手した運転手のおばさんは、正義感でアクセルを踏み込み、阪急総持寺駅までぼくたちを運んだ。茨木から十分ぐらいの距離だった。

まさか、こんな近くにあるなんて……。

桃太郎には予知能力でもあるのかな。それなら、パパと風子ちゃんがどこにいるのか教えてくれよ。

小さな商店街の一角に、スナック『まるがり〜た』はあった。《会員制》と札が貼られた黒いドアの向こうから、陽気なカラオケの歌声が聞こえてくる。

「よっしゃ、行くで」

運転手のおばさんが、道場破りみたいなノリで、スナック『まるがり〜た』のドアを開けた。

「いらっしゃ〜い」

カウンターの中にいるお店の人は、女性か男性か判別できないメイクをしていて、だるそうにこっちを見た。

客は一人。頭がバーコードになっている中年男性が、カウンターの端でご機嫌にマイクを握っている。

「あれがあんたらのお父ちゃんやね」

「違います。赤の他人です」

ぼくたちは、同時に首と手を振った。

「優しい子らやね。お父ちゃんをかばってるんやね」運転手のおばさんが涙ぐむ。「でも、その優しさは大人になったら通用せえへんよ。悪い奴らにつけ込まれるから気をつけや。何事も疑ってかかるぐらいがちょうどええんよ」

鉄壁の思い込みだ。こっちが何を言っても通用しない。

カウンターの中にいる性別不明の人に助けを求めようとしたけれど、三人の小学生とタクシー会社の制服を着た女が自分の店に乱入してきたにもかかわらず、動じる様子もなくスパスパとタバコを吸っている。

バーコードのおじさんが歌っているカラオケが、次の曲に移った。モニターに『夢の中へ』とタイトルが出て、その下に『作詞・作曲　井上陽水』と出る。

また、井上陽水だ。ここまでくると、因縁めいたものを感じるよ。

「探しものは何ですか？　見つけにくいものですか？」

気持ちよく酔っ払ってぼくたちの乱入に気づいていないバーコードのおじさんが、楽しそうに歌いだした。

「アホ。自分の子供たちに探されとるがな」

運転手のおばさんが、いきなりカウンターに置いてあった分厚いカラオケ本で、バーコードのおじさんの脳天を殴りつけた。

「バ、バイオレンスだ」ツネオが興奮した顔になる。

いきなり、強烈な打撃をまともに食らったバーコードのおじさんは、高いイスからずり落ち、仰向《あおむ》けのままベチャンと床に倒れた。

「これに懲りたら、もう子供らを虐待したらあかんで」

運転手のおばさんが、ひと昔前の正義の味方みたいにパンパンと両手を払い、バーコードのおじさんを見下ろす。

「その人がどんな人か知ってんの？」カウンターの中の性別不明の人が、タバコの煙を吐き出す。「現役バリバリのヤーさんやで」

「そんな嘘、信じると思ってんの」

「じゃあ、信じなかったらええやろ。その代わり、後のことは知らんで」

運転手のおばさんが真っ青な顔で振り向いた。

「あんたらのお父ちゃん、ヤクザやったんか」

「違います。て、いうか、その人は知らない人です」

「何で、早くそれを言わへんのよ」

「だから言ったやんか。そっちが聞いてくれんかったんやろ」桃太郎が、ここぞとばかりに反撃した。

「……全部、嘘やったんか」運転手のおばさんの怒りの矛先がこちらに向けられた。「ほんまは父親なんか探してへんやろ」

「嘘ちゃうわ。こいつの父ちゃんを探すために京都に行くんじゃ」

「何のために探すんよ」

「隠し子を誘拐して十億円の身代金を――」

ぼくとツネオが桃太郎の口を押さえたけれど、ひと足遅かった。

コイツ、どれだけバカなんだよ。

今度から、ホッチキスで桃太郎の口を閉じよう。

「痛いのう。ほんまに夢の中へ行くとこやがな」

バーコードのヤクザが、頭を押さえながら立ち上がった。見た目はごく普通のおっさんである。ヤクザといえば、もっといかついものと思っていた。

「ウチは関係ありませんからね。話なら、この子らに訊いてください」

運転手のおばさんが、そそくさとドアを開けて逃げ出した。

ちょっと待てよ！　無責任にもほどがあるだろ！

もう嫌だ。大阪のおばちゃんには二度と近づきたくない。

「身代金十億円の誘拐事件やと？　近くに事務所があるからそこで詳しく聞かせてもらおう

か」

　バーコードのヤクザが、カウンターのウイスキーをグイッと呑み干す。さっそく、カラオケを歌う陽気なモードから、現役バリバリの極道モードに切り替わっていた。

「逃げろ！」

　ぼくは、カウンターの端に置いてあった氷入れを取って、ぶちまけた。

「うおお」バーコードヤクザが怯む。

　続けて高いイスを持ち上げて、投げつける。その隙に、桃太郎とツネオが店を飛び出した。

「このガキが」

　逃げようとしたぼくの足をバーコードヤクザが摑んだ。イス攻撃にビビらず、低空タックルをしてきたのだ。

「離せ！」手足を振り回して、バーコードヤクザから逃げようとしたけれど、難なく押さえ込まれた。

　びっくりするほど力が強い。

「大人を舐めんなよ」

　髪の毛を摑まれ、お腹を殴られた。息ができなくなって、ぼくは床に倒れてもがいた。チカチカと目の奥で火花が散る。

「これは正当防衛やからな」

首根っこを摑まれて強引に引き起こされる。口と体が異様に臭い。ウイスキーとタバコとギョーザの臭いだ。

ぼくの冒険は、何もしないまま終わった。京都にさえ辿《たど》り着けなかったんだから話にならない。

伴奏だけの井上陽水の曲が、ぼくの無力感をあおる。

「な、七海。だ、大丈夫か」

ツネオが一人で戻ってきた。

どうして、戻ってくるんだよ。お前たちだけでも逃げてくれれば……。

「何でゴム手袋なんてしとるねん」

バーコードヤクザが、ツネオの両手を見て言った。トイレ掃除で使うようなピンクのゴム手袋をして、腕時計を持っていた。

「こ、この腕時計を、ど、どうぞ」

「小学生のくせに賄賂《わいろ》か？」

普通の腕時計じゃない。ツネオの〝凄いけどイマイチ使い方に困る発明品〟のひとつ、『ビリビリ腕時計』だ。

ツネオがバーコードヤクザの手首に腕時計をつけた瞬間、バチンと火花が散った。

バーコードヤクザが、体を硬直させて仰向けにひっくり返る。

「ま、前よりも、パ、パワーアップしたんだ」

ツネオが得意げに胸を張り、鼻の穴をヒクつかせた。

19

「ほんまにここでええんか？」

タクシーの運転手が、ＪＲ京都駅の前で車を停めて振り返り、怪しむような目で後部座席のぼくたちを見る。

午前二時過ぎ——。

ぼくたちは、ようやく京都に到着した。

「あれ、おかしいなあ。おじいちゃんが迎えに来るはずやのに」

桃太郎が、不自然に頭を掻きながらすっとぼける。

総持寺のスナックを、命からがら（大げさではなく、本当にバーコード頭のヤクザに殺されると思ったんだ）逃げ出したぼくたちは、また同じ作戦でタクシーを呼んだ。

今度の運転手は物わかりが良かった（と言うよりも、すべてにおいて面倒臭そうだった）。小学生三人組のぼくたちを疑うことなく、京都まで運んでくれた。

ほんとは直接、衣笠諭吉の屋敷まで行きたかったんだけれど、道順を覚えていない。あのときは、京都駅から目黒が運転してたし。仕方がないので、運転手に「京都駅におじいちゃんが迎えに来るから」と告げたってわけ。

「ほんまにおじいちゃんが迎えに来るんか」

タクシーの運転手が、身を乗り出し、ずいっと顔を近づける。京都までの車内の空気にさすがに違和感を覚えたのだろう。

よく見ると、いかつい顔のおじさんだった。眉毛がほとんどないぐらい薄く、無精髭も生えている。たまにテレビで見る泉谷しげるっていう人にそっくりだ（マルガリータから『この人は有名なフォーク歌手やで』と聞くまでは、強面《こわもて》が売りの俳優だと思っていた。マルガリータはやたらと日本の懐メロに詳しい）。

「ほんまです」桃太郎が、ゴクリと唾を飲み込む。

「携帯電話で連絡してみたらどうや」

「おじいちゃんはケータイを持ってへんねん」

「じゃあ、家の電話番号は？」

運転手のおじさんがしゃべるたびに、車内がタバコ臭くなる。大人の男の貫禄に圧倒されそうだ。

「わからへん」桃太郎が溺《おぼ》れているみたいに苦しそうな表情になる。「お父さんが電話してくれたんやもん」

「ふーん」運転手のおじさんが目をギョロつかせる。「そもそも、お前ら、ほんまに兄弟なんか？」

「母親がバラバラなんだよな？」ぼくは、慌てて桃太郎をフォローした。

またバレそうじゃん……。やっぱりこの設定に無理がある。うまく誤魔化さないと、今度こそ警察に突き出されちゃうよ。

なんとかしなきゃ。頭を回転させろ。

右隣のツネオが、リュックサックに手を入れてゴソゴソとやりだした。

おいおい、また『ビリビリ腕時計』かよ。あれは、完全に凶器だってば。しかし、取り出したのは『火の玉ボール』だった。

「ツネオ、こんな狭いとこでそれはやめてくれ」

「そ、そうか。完成したばかりだから、つ、使いたかった」

ツネオの本性が垣間見《かいまみ》えた気がしてちょっぴり怖くなる。

トラブルに巻き込まれるのは、もう嫌だ。これ以上嘘を重ねても、事態を悪くするだけだと思う。

ぼくは、ツネオの腕を摑んで言った。

「すいません。ぼくたち嘘をついていました」

「えっ？」桃太郎とツネオが同時に驚く。

「どんな嘘や」運転手がますます険しい顔になる。

運転手のおじさんに同情してもらうために、なるべく、しおらしい少年を演じてやる。

「ぼくたちは兄弟なんかじゃありません。同じクラスの友達同士です」

「なんやお前ら、集団で家出か。男やったら一人で旅立たんかい。男らしくないのう」

「違います。家出をしたのはぼくのお姉ちゃんなんです」

「お姉ちゃん？　その子はいくつやねん」

たしか、風子ちゃんは中学二年生だ。

「十四歳です」

「家出の理由はなんや」

興味を持ったのか、眠そうだった運転手のおじさんの目が輝きだす。

「よくわかりません。今回の家出が初めてじゃないんです。だから両親は放ったらかしで」

「とんだ不良少女やな。お前らよりよっぽど逞《たくま》しいのう」運転手のおじさんが、嬉しそうにニヤニヤと笑う。「で、その子が京都におるんか」

「いません」

運転手のおじさんが眉をひそめた。「おらへんとわかってるのに、なんでわざわざ京都に来たんや」

「その子のおじいちゃんに協力してもらおうと思ったんです。お金持ちだから、探す資金を提供してもらおうと思って」

「お金持ち？」運転手の目が山猫みたいに光る。

「衣笠諭吉って人なんですけど、さすがに知らないですよね」

「し、知ってるよ」運転手のおじさんの顔が一瞬で青ざめる。「お前ら、〝天狗《てんぐ》さん〟の知り合いなんか」

「天狗さん？　何それ？」桃太郎が、目をパチクリとさせて訊いた。

「衣笠さんと言えば、天狗さんや」運転手のおじさんが、明らかに怯えながら答える。「絶対に怒らせたらあかん人やねん」

「怒らせたら何されるの？」

「そんなことは子供が知らんでもええ」

あの爺さんは、そんなに大人から恐れられている人なの？　京都から遠く離れた、総持寺のタクシー運転手まで知っているなんて、相当の有名人じゃん。

「ラッキーやんけ」桃太郎が、指を鳴らしてぼくたちにウインクする。「おじさん、天狗さんのお屋敷の場所も知ってるんやろ？」

「知ってるけど……行きたくない」

運転手のおじさんが泣きそうになって言った。

もしかして、衣笠諭吉って、映画に出てくるような影の権力者だったりするのかな（人殺し級の悪事を平気で揉み消しそうな感じ）。たしかにあの屋敷の感じじゃ、警察や政治家たちも手を出せないかも。

そんな相手の孫娘を誘拐した上に、十億円を要求するなんて……。

やっぱり、ぼくのパパは、史上最低の冒険家だ。

「行ったほうがええと思うけどなあ」桃太郎が、ニタリと悪い笑みを浮かべて、ツネオの肩を叩いた。「コイツは記憶力が抜群やねん。テストでも毎回クラスで一位やしな。円周率もほとんど覚えているし」

覚えてるわけねえだろ！　それに、ツネオは理科と算数が強いだけで、他の科目は、クラスの後ろから数えたほうが早い。

「どういう意味やねん」

小学生に脅されて、運転手のおじさんの声が震えだす。

「お、おじさんの、な、名前を完璧に記憶した。く、車のナンバーもな」

ツネオが、運転席の背中に貼られているプレートを指差して言った。そこには、運転手の名前と顔写真、車のナンバーが入っている。

「おじさん、仕事をクビになりたくないやろ。天狗さんにチクられたくなかったら、さっさとお屋敷に連れていってや」

「はい」

運転手のおじさんが、桃太郎の命令に大慌てでタクシーを発車させた。桃太郎が得意げにピースサインを見せてくる。

コイツ、恐喝の才能があるよ……。

ぼくに言われたくないだろうけれど、桃太郎の将来が心配だ。

20

二十分後、タクシーから降りたぼくたちは、衣笠諭吉の屋敷に向かう竹林を歩いていた。

外灯なんかはなく、月の明かりだけが頼りだ。

「いくらなんでも暗すぎるやろ。こんな場所に人間が住んでるとは思われへんわ」

ぼくの後ろを歩く桃太郎が、ビクビクしながら言った。図体がデカいくせに、幽霊関係に弱いのだ。学校でも一人でトイレに行けず、ぼくかツネオのどっちかを必ず連れていく。

「あ、足音が、つ、ついてくる」ツネオが、声をひそめて言った。「う、後ろに、だ、誰かいる」

「ほんまや。足音がする」桃太郎が、泣きそうな声になる。

「気のせいだってば。止まってみようぜ」

ぼくは歩くのをやめて、耳を澄ませた。

カサ、カサ。

ぼくたち三人しかいないはずなのに、たしかに音がする。

「風だよ。絶対に風だ」

ガサ、ガサ、ガサ。

今度はさっきよりも大きな音が鳴った。近づいてきてる。

「明らかに風の音ちゃうやんけ。タクシーのおじさんがついてきたんか」桃太郎が、ぼくの背後に回り込んで腕を摑んでくる。

「お、落ち着け。ゆ、幽霊には足がないんだから」

ツネオがさらに桃太郎の背後に回り込んで、ぼくを先頭にする。

幽霊じゃないほうが怖いって！

「誰ですか。ぼくたちに何の用ですか」

ぼくは、竹林の闇に向かって、恐る恐る訊いた。

足音と重なって、ハア、ハア、ハアと荒い息づかいが聞こえてくる。

これって……幽霊どころか人間でもないぞ。

とうとう、足音の主が姿を現した。

首輪のない野犬だった。しかも、かなりデカい。

「シ、シェパードだ。け、警察犬としても活躍する、ゆ、優秀な犬だ」ツネオが、怯えながら解説する。

シェパードの野良犬？　無駄に戦闘力が高い犬だよ！

「走っちゃダメだぞ」ぼくはシェパードから目を離さず、桃太郎とツネオに言った。

「えっ？　噛まれてまうやんけ」

「背中を見せたら負けだ」

ぼくは、パパの言葉を思い出した。

小学校の入学式の日――。

学校から帰ってきたぼくは、パパから「プレゼントがある」と言われて近所の淀川の堤防沿いに連れていかれた。

何を貰えるんだろうとウキウキしていたら、パパは手に持っていた紙袋から打ち上げ花火のセットを取り出した。

季節外れだよね。て、いうか、まだ夕方にもなっていなくて外は明るいから、花火なんかしても楽しくないんじゃないかな。

まだ幼かったとはいえ、パパの破天荒ぶりにさんざん苦しめられていたぼくは、嫌な予感に早くも泣きそうになった。

パパがチャッカマンで、二本の打ち上げ花火の導線に火を点けはじめた。二本とも地面に置くタイプの花火で『危険ですので、手で持って使用しないでください』と注意書きがあるやつなのに。

「今からお前に〝正しい逃げ方〟を伝授する。それが俺からのプレゼントだ」

「何から逃げるの」

「花火だ。お前を狙って打つ」

パパの目は真剣だった。導線が先から火花を散らし、どんどん短くなっていく。

「そんなのプレゼントじゃないよ」

「今日から小学生になったんだ。自分の身は自分で守れ。その方法を教えるのが親としての責任だ」

そんな責任感なんていらないよ！

ぼくは泣きべそをかきながら河川敷の人々に助けを求めた。だけど、誰一人、ぼくのピンチに気づいている人はいない。

パパが二刀流のスタイルで打ち上げ花火を構え、発射口をぼくに向けた。パパとの距離は二メートル。こんな近くで花火を食らったら軽い火傷《やけど》じゃ済まない。

「七海、逃げるときは絶対に背中を見せるんじゃないぞ」

見せるに決まってるだろ！

ぼくは振り返り、全速力で逃げだした。

プシュッ、プシュッ、プシュッ、プシュッ。

小気味いい連射音が後ろから聞こえてきたかと思うと、ぼくの顔スレスレをカラフルな火の玉が横切っていく。

本当に狙ってるよ！

これって、虐待だよね。ついさっきまで、買ってもらったばかりのランドセルを背負ってルンルンだったぼくは、まさに天国から地獄に突き落とされた気分になった。しかも、突き落としてきた張本人は実の父親……という最悪なおまけつきだ。

ボン、ボンと、背中に火の玉が当たる。ランドセルがあるから痛くはないけれど、恐怖感はさらに増した。

「いいのか？　新品のランドセルが焦げるぞ」

パパが、花火を連射させながらしつこく追いかけてくる。

「嫌だ！」

「じゃあ、こっちを向け。背中を見せて逃げるんじゃない。これが先住民の毒矢だったらお前はとっくに死んでるぞ」

「そんな危ない場所に行かないよ」

「それでもパパの子か」

足がもつれて、ぼくは転んでしまった。それでも容赦なく火の玉が襲ってくる。

「立て。立つんだ、七海」

近寄ってきたパパが、打ち止めになった花火を捨て、新しい花火に火を点けようとした。

「さっきから何をやってんだ、あんたは」

ハンチング帽を被った中年のおじさんが、ゴルフクラブを持って助けに来てくれた。河川敷の端で素振りをしていた人だ。でっぷりと太っていて、パパよりひと回りは大きい体をしている。

「見てのとおり、息子に〝正しい逃げ方〟を教えているんだよ。邪魔すんじゃねえ」

「息子？」ハンチング帽のおじさんが、驚愕の表情でぼくを見た。「本当にこの人は君のお父さんなのか」

火の玉の恐怖とパパへの憎悪ではらわたが煮えくり返っていたぼくは、激しく首を横に振りながら叫んだ。

「パパなんかじゃない！　赤の他人だよ！」

パパは、目を丸くしてよろめいた。「七海、嘘はやめろよ。パパが不審人物だと思われるだろうが」

もうとっくに、不審人物を通り越して、危険人物だってば！

堤防の上では、犬の散歩中のおじいさんやウォーキング中のおばさん軍団が、足を止めてぼくたちの成り行きを見守っている。

「その花火を捨てろ。さもないと痛い目に遭わせんぞ」ハンチング帽のおじさんが、低い声で威嚇する。

「断る。人の教育方針に口を出すな」パパが負けじと、胸を張った。

これのどこが教育なんだよ……。河原で人に向かって花火を打ち込むなんて、酒に酔って暴れるヤンキーじゃないか。

「だいたい、〝正しい逃げ方〟とは何だ」

「人生は逃げ続けなきゃいけない。人は簡単に『最後まで諦めずに戦え』と口にするが、それは間違っている。ダメなときは、すぐに諦める。そして次の冒険に挑めばいいんだよ。無理して戦って、命を落とすよりはマシだろうが。死なないために、歯を食いしばって、知恵を振り絞って、勇気を持って、逃げろ」

そのとき、パパが少し悲しそうな顔になったのを覚えている。六歳のぼくは、パパの表情の意味がわからなかったんだけれど。

「君は一体何の話をしているんだ」

ハンチング帽のおじさんがゴルフクラブを上段に構えながら首を捻った。

「冒険家の心得だ。七海には、ちゃんと逃げることのできる大人になって欲しい。今のうちに〝正しい逃げ方〟をマスターする必要があるんだよ」

「だから、ぼくは冒険家にはならないってば！」

「お前に選択権はない。いずれ、冒険のほうからお前を選ぶ日が来る」

パパが、またチャッカマンで打ち上げ花火に火を点けようとした。

「おい、こらっ。いい加減にしろ」

堪忍袋の緒が切れたハンチング帽のおじさんが、とうとうパパに殴りかかった。

パパはゴルフクラブから目を離さず、ぴょんと後ろに跳んで攻撃を避けた。

「七海、今の動きを見たか。逃げるときは背中を向けずに、相手の武器の動きに集中するんだぞ」

「やかましい」

空振りをしたハンチング帽のおじさんは、顔を真っ赤にしながらゴルフクラブを振り回した。ゴルフには詳しくないけれど、たぶん、〝アイアン〟だと思う。まともに頭に食らったら、ビーチのスイカみたいに割れるだろう。

「逃げることに命をかけろ。勝てない相手やクリアできないピンチに遭遇したら、何も考えずに諦めるんだ。わかったな」

パパは、ハンチング帽のおじさんと絶妙な間合いを取りながら、ぼくにアドバイスを続けた。

「わかんないよ！　パパの言いたいことが、全然、わかんないんだ！」

ぼくは、ザリガニみたいにおじさんと対面しながらぴょんぴょん逃げていくパパに向かって叫んだ。

バテてしまったハンチング帽のおじさんが、途中で胸を押さえてうずくまる。

堤防の上まで逃げ切ったパパが、ぼくに両手を振って大声で言った。

「おめでとう、七海。今日からお前は一人前の男だ」


冒険のほうからお前を選ぶ日が来る——。

パパの言うとおりになった。なんかムカつくけど。

闇の中で目を光らせているシェパードが、唸《うな》り声を上げて低い体勢をとった。ますますデカく見える。ツネオとあまり変わらないぐらいの大きさだ。

来るぞ。勇気を持って逃げろ。

「ゆっくりと後ろ向きに歩け。犬から目を離しちゃダメだ」

ぼくは、桃太郎とツネオに早口で指示を出した。

「バラバラの方向に走って逃げたらあかんのか」

「い、犬に、た、食べられたくない」

桃太郎とツネオの切羽詰まった声が聞こえる。背後にいるので見えないけれど、テンパっているに違いない。

「なるべく固まってくれ。犬に、こっちのほうが大きいと思わせるんだ」

後ろに下がるぼくたちに合わせて、シェパードもジリジリと頭を下げたまま近づいてくる。

そろそろ、石段が現れるはずだ。その石段を上りきれば、衣笠諭吉の屋敷がある。

……が、このまま、後ろ向きで石段を上るのは無理だ。

「あかん。小便が漏れそうや」桃太郎が半泣きになる。

「我慢しろって。男だろ」ぼくは、桃太郎とツネオに背中を向けながら励ました。

「じ、地獄キャップを、い、犬の顔に被せてやる」

ツネオがリュックから〝凄いけどイマイチ使い方に困る発明品〟を出そうとする。

「どうやって、被せるねん。こんなデカい犬と戦って勝てるわけないやんけ。喉笛を嚙み切られんぞ」

「戦うんじゃない。逃げるんだ」

そう言ったら不思議と落ち着いてきた。さっきまで暗くて見えなかった竹林の中が明るくなり、視界がグンと広がった。

またこの感覚だ。不本意だが、パパから受け継いだ冒険家の血が騒ぐ。

まずは、自分の呼吸の音がやけに大きくゆっくりと聞こえはじめた。次に桃太郎とツネオの呼吸と心臓の音まで確認できる。

どうして、ピンチになったら時間がスローモーションになるのかな。

図書館の本で読んだんだけど、交通事故に遭うとき、その瞬間は周りの景色がスローモーションになって見えるらしい。人間の脳にはまだまだ隠された能力があるんだけれど、普段の生活では生かされてない、みたいなことが書かれていた。

ぼくの脳が覚醒したのか？　パパの脳もこんな感じなのか？

おかげで、シェパードもじっくりと観察できた。なぜかわかんないけど、どうもシェパードの右脚に目がいく。

「お前、ケガしてんのか」

ぼくはしゃがみ込んで、目線をシェパードの高さに合わせた。

少しだけ、シェパードの敵意が和らいだのが伝わってくる。

「やっぱりケガしてんのか。ぼくに見せてくれよ。撫でてやるからさ」

「おい、七海。何、犬としゃべってんねん」

「ム、ムツゴロウさんだ」

戸惑う二人を無視して、ぼくは地面に仰向けに寝転がってシェパードに接近した。考えるよりも先に、体が勝手に動いていた。コイツと仲良くなるためには、ぼくのほうからお腹を見せなくちゃいけないって。

チラリと桃太郎とツネオの顔が見えた。二人とも口をあんぐりと開けて、地面を背泳ぎで進むぼくを眺めている。

シェパードがスタスタと歩いてきて、ぼくの顔を覗き込んできた。もう唸ってはいない。首を捻り、キョトンとした表情になっている。

「撫でてやるから嚙むなよな」

ぼくは寝転がったまま手を伸ばし、シェパードの右脚に触った。ゴツゴツとした骨の感触としなやかな筋肉がわかる。その下にある違和感……。

たぶん、古い傷だ。

「人間にやられたのか」

当てずっぽうだけれど、そんな気がする。

シェパードが「そうなんだよ」と言わんばかりに、尻尾を振ってぼくの顔をベロベロと舐めてきた。

よしっ。コイツとは友達だ。

慌てて走って逃げなくて良かった。背中を見せずにじっくりと観察したからこそ、こんなに大きな犬でも、怖くなくなったんだ。

パパがあのときに言っていた〝正しい逃げ方〟っていうのは、こういうことなのかもしれない。

「よくポチがケガしてんのがわかったのう」

張りのある声が、遠くから聞こえてきた。

ぼくたちから五メートルほど離れた石段を、棒みたいな細長いものを持った人影が下りてくる。

衣笠諭吉だ。

「そこから、ずっと見てたんか。さっさと助けてくれや」

「し、心臓が、て、停止する寸前だった」

桃太郎とツネオが抗議する。

「てっきり賊が忍び込んできたんかと思ったら、お前らやったとはな」

衣笠諭吉は嬉しそうに笑いながら、棒状のものを肩にかついで近づいてきた。

日本刀だった。

「何、持ってんねん。それって、本物の刀なんか」

「当たり前やろ。切れへんもの持ってても仕方ないがな。わしは、偽物が大嫌いなんじゃ」

桃太郎の質問に、衣笠諭吉が胸を張って答える。今日の衣笠諭吉は、ダボダボのバスケットのユニフォームにダボダボの短パンで、お洒落なサンダルを履いていた。格好だけ見れば、ヒップホップ好きの若者みたいだ。

「じ、銃刀法、い、違反だ」ツネオが仰《の》け反《ぞ》りながら、真剣を指す。

「ここはわしの敷地内や。何をしてもええんや。誰にも文句は言わせへん」

シェパードがぼくの顔を舐めるのをやめて、衣笠諭吉の足元に擦り寄った。

「飼い犬なんですか」ぼくは上半身を起こして訊いた。

「そや。ポチって名前や。可愛いやろ。目黒がおらんときのわしのボディガードや」

犬の大きさと名前が合ってないよ……。

ポチは賢そうな顔で、〝ふせ〟をした。その態度から、衣笠諭吉と絶対的な信頼関係で結ばれているのがわかる。

「飼ってるんなら首輪ぐらいしてくださいよ」

「わしとコイツは五分の兄弟や。それに、本物の犬に首輪をする必要はない」

「なんや、大人しい犬なんか。めっちゃ、ビックリしたわ」桃太郎が、大げさに溜め息を漏らす。

「いや、人間を嚙み殺す能力を持ってる。ドイツの軍用犬として活躍してたんやけど、戦場で負傷して引退したから、わしが引き取ったんや。もし、お前らが下手に逃げようとしたら、アキレス腱を嚙み切ったあと、喉を食いちぎられたやろなあ」

「マ、マジで?」

桃太郎とツネオが同時に腰を抜かした。

「一体、こんな夜中にガキだけで何しに来た」衣笠諭吉が刀を地面に突き刺し、杖代わりにして訊いた。「で、目黒と志村はどこにおるんや」

「入院中です」

「なんやと? 詳しく説明せんかい」

なるべく詳しく、ここに来るまでのいきさつを説明した。

パパが茨木の和菓子屋の裏で吹き矢を使って目黒を倒したくだりで、衣笠諭吉は低く唸った。

「信じられん……。あの目黒があっさりやられるとはな。さすが、江夏十蔵といったところか」

パパの吹き矢の技術を褒められても、全然嬉しくない。そんなパパを褒める大人に会ったのも初めてだ。

「それで、相談があるんです」

「何の相談や」

衣笠諭吉がジロリとぼくたちをひと睨みする。月の光が刀に反射して鈍く輝いた。

ぼくはその光を撥ね返すように、一歩前に踏み出した。

「パパはぼくが捕まえます」

短い沈黙が竹林に流れる。風が竹の葉を揺らす音と、虫の合唱が、やけにうるさい。

「大人の力を借りずにか」

「経費だけ出してください」

「ダメだ」衣笠諭吉が即答し、話にならないといったふうに首を振る。

「でも、パパに風子ちゃんの捜索依頼をしたときは、『経費はいくらかかってもかまわん』って言ってたじゃないか」

「それは、数々の冒険の実績がある江夏十蔵だからや。小学生のお前に何ができる？　タクシーに乗ってここに来るだけでもひと苦労やったんとちゃうんか」

衣笠諭吉の言葉が太い槍《やり》になってぼくの胸を貫いた。

何も言い返せなかった。たしかに、パパは最低だけれど、実績がある。だけど、ぼくは何の結果も残していない。まだ十一歳だから当たり前だと片付けるのは簡単だ。だったら、大人しく家に帰って、パパが警察なり衣笠諭吉の他の部下に捕まるのを待っていればいい。

足手まといだからチョロチョロするな。

衣笠諭吉は、きっとそう言いたいのだと思う。

「孫の風子ちゃんを助けたいんやろ。ケチケチすんなや」桃太郎が、ポチをチラチラと見ながら反論する。

「ここからはわし個人で探す。お前たちには無理や」

「ふ、不可能に、ち、挑戦するのが人生だ」

ツネオが小学生らしからぬおっさん臭い台詞を口にする。

「金はあるのか。小学生の小遣いなどたかが知れとるやろう」

総持寺からのタクシー代は一万円（本当は一万円をオーバーしたけれど、運転手がまけてくれた）だった。

ぼくたちの持ち金の残りは、一万三千五百円だ。小学生にとっては大金でも、誘拐捜索の予算にしては足りなすぎる。

「そうか。ならば、わしとの競争になるな。江夏十蔵の命を助けたいなら、わしより先に見つけて警察に突き出せ」

衣笠諭吉が地面から刀を抜いて、剣先をぼくの顔に向けた。

本気でパパを殺す気だ。

タクシーの運転手が衣笠諭吉のことを「天狗さん」と呼んでいたのを思い出す。もしかすると、この竹林の下には、衣笠諭吉の逆鱗《げきりん》に触れた人間の死体が何体か埋まっているのかもしれない。

「わかった。ぼくは負けないよ」

　ポチがむくりと起き上がり、上目遣いでぼくをじっと見る。

「ガキのわりにはええ顔しとるな」

　衣笠諭吉が鼻を鳴らし、石段を上っていった。ポチがぼくのほうを振り向きながら、衣笠諭吉のあとをついていく。

「ちょっと、待って」桃太郎が、衣笠諭吉を呼び止めた。「何で、〝天狗さん〟ってあだ名つけられたん？」

　今、訊くなよ！　桃太郎の図太さには呆れてしまう。

　衣笠諭吉が、ニヤリと笑って答える。「しょっちゅう、ヘリに乗って京都の空をパトロールしてるからや」

　どれだけ、元気な爺さんだ。

　衣笠諭吉は軽い足取りで石段を上り切り、ポチと消えた。残されたぼくたちは唖然と見送る。

「ほんで……どうすんねん」桃太郎がぼそりと呟く。

「な、泣きっ面《つら》に、は、蜂が群がってる感じだ」ツネオも元気がない。

二人とも、絶望的な顔だ。

「冒険はこれからだよ」

ぼくは、自信なく答えた。自分で自分を、最悪に悲劇的な状況に追い込んでしまった。

21

午前五時——。

ぼくたちは、JR京都駅から神戸方面の始発電車に乗っていた。

眠い……眠すぎる。それ以上にへとへとだった。

衣笠諭吉の敷地を離れ、始発が動くまでの一時間半、トボトボと歩いて京都駅へと向かった。

巡回の警察官に遭遇しなくてラッキーだった（一応、警察官に補導されそうになったときのために『ラジオ体操に行く』という言い訳を用意していたんだけどね）。

パパと風子ちゃんは、一体、どこにいるのだろう？

眠気で頭が回らない上に、見当がつかないし、金もない。

車内は人がまばらだった。酒臭いサラリーマンと夜遊び帰りの女子大生と部活の朝練に行く野球部員が、みんな目を閉じて電車に揺られている。

「か、金がないと、み、身動きが取れない」

「わかってる。世の中、金がすべてや」

ツネオと桃太郎の二人は、変なとこで意見が一致していた。

ぼくもそう思う。さすがにまだ小学生だから、〝金がすべて〟とまでは思わない。でも、いずれ大人になったらお金に翻弄される、自分の未来予想図は、見える。

ぼくの未来予想図は、ドリカム流に言うならば（マルガリータが好きでよく家で聴いている）、ブレーキランプ5回点滅は、『オカネナイ』のサインだ。

先生たちはいつもきれいごとを言う。「人生はお金だけではありません」と。とてもじゃないけどそんなふうには思えない。

だって、世の中の大人たちはお金のことばかり考えてるよね。考えてるくせに、お金の話はなかなか口にしない。意地汚いと思われることが嫌なのかな。「こらっ、男子！　いやらしいことを言うな！」って先生たちが怒るのに似ている。先生たちもエッチなくせにさ（子供がいるんだからセックスしてる証拠だよね）。大人って、お金とセックスが大好きなくせに、どうしてそれを隠したがるんだろう。大人になると、自分の欲望を口にしたら、周りから嫌われちゃうのかな。

お金で苦しむことになるなら、世界中の人々が一斉にお金を捨てたらいいのに。物々交換の時代に戻って、必要なものを必要なときに手に入れる生活のほうが幸せになれそうな気がするんだけど。

たぶん、地球上の幸せの量は決まっているんだ。みんなでそれを分け合わなくちゃいけないのに、一部の人間が独り占めに走っちゃう。

だから、幸せが偏るんだ。

……こんな小学校五年生のくだらない思索なんかに、まともに耳を貸してくれなくてもいいんだけどね。

ただし。

一人だけ、ぼくの周りにいる大人たちの中で、お金をまったく気にしないで生きている人間がいる。

言うまでもなく、パパだ。

パパは誰に何と言われようと、頑《かたく》なに働こうとしない。「俺は冒険が仕事だから他の仕事をするのは冒険に失礼だ」と突っぱねる。当然、お金は稼げないのだけれど、それでもパパは一向に困らない。なぜなら、パパにはとっておきの必殺技があるからだ。

ぼくは、桃太郎とツネオの顔を交互に見た。「アイデアがあるんだ。お金は稼げないかもしれないけど、何とかなるかもしれない」

もちろん、その必殺技がパパのものだとは言わない。江夏十蔵の名前を出したら、二人は却下するに決まってる。

「ほんまに？」桃太郎が、疑いの目でぼくを見た。「どんなアイデアか教えてや」

ぼくは始発電車に揺られながら、パパの必殺技の説明をした。

「め、目から、う、鱗だ」

「そんな作戦でうまくいくかなあ。オレはやりたくないわあ。失敗するに決まってるやん」

桃太郎は、乗り気じゃない。ぼくの説明を聞いて、テンションがガタ落ちになっている。

「やってみないとわからないよ」

ぼくは、パパのニヤけた顔を思い浮かべた。「できるものならやってみろ」と言われてるようだ。

パパに負けてたまるか。絶対に成功してみせる。

ぼくたちは、始発電車をJR大阪駅で降り、大阪環状線に乗り換えた。

大阪駅から一駅の福島駅の改札を出る。駅前すぐに、ぼくたちの目的地、『平田豆腐店』があった。

「お前ら何しに来てん」

ぼくたちをいじめている平田軍団のリーダー「恐怖のホームベース」が、目を丸くして驚く。

平田の実家は豆腐屋で、毎朝、店の手伝いをしていることは知っていた。

「おう、友達か。豆腐買いに来てくれたんかいな」

エプロン姿の平田の父親が、嬉しそうに店先に出てきた。一秒で親子とわかる顔だ。顔の輪郭が正五角形で、平田と違うのは頭にハチマキを巻いていることくらい。

「友達とちゃうわ。後輩や」

平田が顔を真っ赤にして言った。

当然、平田がぼくたちをいじめている事実を、父親は知らない。

「そうかそうか。豆腐を買いに来てくれるなんて可愛い後輩やんけ」

平田の父親は、よほど豆腐を買って欲しいみたいだ。

「豆腐はいりません」ぼくは、きっぱりと言った。

「ほんじゃあ、何しに来てん。用がないんやったら帰れよ。豆腐屋の朝は忙しいねん」

平田の口調が、いつもよりマイルドだ。父親の前だから本性を出せないでいる。

「平田君に助けて欲しいねん」桃太郎が、弱々しい顔と声で言った。

平田の父親がピクリと反応する。「どないしてん。何か困ったことでも起きたんか」

「平田君とぼくたちだけにしてくれませんか。子供たちだけで解決しなきゃいけない問題なんです」

ぼくは、真剣な目で平田の父親を見た。

「よっしゃ。何があったか知らんけど、家に上がって思う存分話し合ったらええ」

豆腐屋の二階は、住居になっていた。店の奥に階段があった。

「嫌や」平田が抵抗した。「家のどこで話し合うねん」

「お前の部屋でええやろうが。せっかく後輩たちが訪ねてきとんねん。追い返すみたいな野暮な真似はすんな」平田の父親が、ドスの利いた声を出す。

「……わかったわ」

さすがの平田も父親には逆らえないらしい。

「ありがとうございます」

ぼくたちは、三人揃って大きな声で頭を下げた。

「元気があってよろしい。あとで厚揚げ持って帰り」

大人たちは、礼儀正しい子供が大好きだ。

始発電車で練習したかいがあった。

「お前らマジでシバかれたいんか。何しに来たんか本当のことを言えや」

平田が、自分の部屋のドアを閉めるなりボキボキと指を鳴らした。

平田の部屋は、意外にも小奇麗だった。母親に掃除をしてもらってるのか、まるで女の子の部屋みたいだ。机やベッドが、黄色や赤色でやけにカラフルで、平田のキャラに似合ってない。壁に貼られているジャッキー・チェンのポスターは平田らしいけど。

「さっきも言ったとおり、オレたちを助けてくれへんかな」

桃太郎が、もう一度弱々しい顔と声でお願いした。これも始発電車の中で何度も練習した顔だ（オシッコが漏れる寸前で我慢してるときの表情をしろと、ぼくが演出した）。

「助ける？」平田が、眉をひそめる。

ぼくたちは同時に頷いた。

「いつもいじめてる俺に、助けを求めるのか」

ぼくたちはさらに深く頷いてみせた（もちろん、このタイミングも練習した）。

「いきなりなんやねん、気持ち悪い」

平田が驚くのも無理はない。これが、江夏十蔵の必殺技なのだ。

「自分のことをひどく嫌っている人間に助けてもらえ」

パパは、月末になると呪文のようにこの言葉を繰り返す。

なぜ月末なのかと言うと、家賃や電気料金などの支払いが苦しくなるからだ。マルガリータが一生懸命働いても、パパがあらゆるところで作ってきた借金の返済で、稼ぎはすべて消えていく。

「嫌われているとわかっているのに助けてもらうの？」

「そうだ。それがパパの必殺技だ」

ぼくの質問に、パパが得意げに胸を張る。

果たして技と呼べるものかどうかわからないけれど、パパはこれで何度もピンチを凌《しの》いできた。

「嫌うというのは、愛があるってことだ。相手が気になって仕方がないんだからな。つまり、愛があるから憎むようになる。世界中であらゆる民族同士が憎み合い、戦争が起こってるだろ。あれは、人類がうまく愛を表現できていないだけなんだ」

「よくわかんないけど、自分を憎んでいる人とも仲良くなれる可能性があるんだね」

パパが、ウインクをして親指を立てる。

「憎しみはいつか愛に変わるのさ」

実際、パパは月末になるたびに、自分のことを嫌ってる人たちからお金を借りることに成功していた。お金が借りられなくても、お米や野菜などの食料を貰っていた。

憎しみが本当に愛に変わるなら……。

パパとママが元どおりに暮らす日も来るってことなのかな。


「信じられへんわ」

豆腐屋を出てすぐ、桃太郎がわなわなと太った体を震わせる。

「また困ったことがあったら、いつでも来いや」

豆腐屋の店先で、平田が手を振って見送ってくれた。その姿を後ろから父親が誇らしげに見ている。

拍子抜けするほど呆気《あっけ》なく、平田はぼくたちにお金を貸してくれた。しかも、十万円という大金だ（お年玉をへソクリしていたらしい）。

平田には、これまでの出来事を正直に話した。パパに隠し子がいて、パパがその子を誘拐して法外な身代金を要求していること。衣笠諭吉より先にパパを見つけないとパパが殺されるかもしれないこと。そして、ぼくたちには、もう頼る人がいないこと。

平田は、最初のほうこそ顔をしかめながらぼくたちの話を聞いていたけれど、途中からへの字口になり、涙ぐんで身を乗り出した。

話が終わったあと、「誰にも言わへんから、タイムリミットまで頑張れや。俺にできることはこれしかないけどな」と、ベッドの下からヘソクリを出してきた。「恐怖のホームベース」は、今や「優しい五角形」になっていた。

「一番のピンチのときに、俺を頼ってくれてありがとう」

平田は、今まで見たことがないぐらい嬉しそうな顔で言った。

まさか、お礼を言われるなんて思っていなかったからぼくたちも驚いた。

平田の単純で熱血な魂に、ぼくたちの冒険が刺さったのかもしれない。男の子たちは誰だって、冒険が大好きなのだ。

それを引き出すなんて、恐るべし、江夏十蔵の必殺技である。

「き、きつねに、つ、つままれたみたいだ」

「七海のおかげや。平田はオレたちのことをホンマは嫌ってなかってんな」

ツネオと桃太郎が、戦利品を見つめてニンマリする。

「愛の反対の言葉は、無関心だってさ」

平田は、ぼくたちに関心があるからこそいじめていたんだ。

「それって、誰の言葉やねん」

「覚えてないよ」

誰の言葉かは知らないけれど、ぼくはパパに教えてもらった。

現金十万円と厚揚げ三つ。

これが、ぼくたちの力で手に入れた宝物だ。

22

軍資金は手に入った。次は、パパと風子ちゃんの居所を突き止めなくちゃいけない。

どこだ？　マジでどこに隠れているんだよ？

ぼくは、いか焼き（阪神百貨店の地下で買った）を頬張りながら、脳みそをフルマックスで回転させた。

「めっちゃ美味い。どんなときでも、このいか焼きの味は変わらへんわ」桃太郎が感動を抑えきれない顔で、二枚目のいか焼きにかぶりつく。

午前十時三十分――。ぼくたちは、阪神百貨店の前の歩道橋で作戦会議をしていた。平田と別れたあと、ファミレスで朝ご飯を食べて、そのまま仮眠を取っていたら、店員が嫌そうな顔をしたので、通報される前に慌てて移動した。

桃太郎が、あっという間に二枚目のいか焼きも平らげ、三枚目に手を伸ばす。

ちなみに、阪神百貨店の地下で売っているいか焼きは、ハリー・ポッターの魔法がかかっているのかと思うほど美味い。どこにでも売ってそうな味なのにべらぼうに美味いから、不思議だ。

「た、食べすぎだ。ひ、人のいか焼きを略奪するな」

「腹が減っては冒険できぬ」

桃太郎は、ツネオの抗議を無視してガツガツと食べた。ファミレスでエビドリアとビーフカレーとチーズハンバーグを食べたくせに、コイツの胃袋はブラックホールなのか。

風子ちゃんが誘拐されてから、二十時間が経った。タイムリミットまであと二十八時間だ。本当は、こんなところで呑気にいか焼きを頬張っている場合じゃない。

ぼくの不安とシンクロするように、天気も悪くなってきた。鉛色の雲が、梅田の空を覆っている。心なしか、風も強くなってきた。

「も、もしや、た、台風が来るかも」

昨日の朝から新聞やテレビを見ていないのでわからない。

ヤバいよ。ただでさえ、形勢が不利なのに、これで台風が関西を直撃なんかしたら、パパを捕まえるのは絶望的だ。台風さえも、パパの冒険家としての念力が呼び寄せたんじゃないかと思えてくる。

「ここでグズグズしていてもしょうがないよ。早く移動しよう」

ぼくは、焦る気持ちを抑えることができず、いか焼きを半分も食べずに言った。

「わかってふけど、どほに行ふねん」

桃太郎が、熱々のいか焼きを口の中に入れ、ハフハフさせながら訊いた。

「パパの居場所はわからないから、行動を予測するしかないと思うんだ」

ぼくは歩道橋の上から、流れる車の列をじっと眺めた。もちろん、都合よくパパと風子ちゃんを乗せた車が通るはずもないが。

「よ、予測とは？　か、簡潔に述べよ」

「身代金を要求しているということは、いずれそのお金を受け取らなくちゃいけないわけだろ」

「な、なるほど。う、受け渡し場所を予測するのか」

パパならどこを選ぶ？

「でも、十億円やぞ」桃太郎が、いか焼きを無理やり飲み込み、目を白黒させた。「現金で運んだらめっちゃ重いんちゃう？」

「どれくらいの重さになるんだろう」

「い、一億円で、や、約十キロ」ツネオが即答した。

「おいおい、十億円で百キロになるやんけ」桃太郎が、大げさに両手を広げる。

とてもじゃないけど、パパと風子ちゃんだけじゃ運べない重さだ。

「車を使うのは間違いないね」

それがわかっただけでも、一歩前進だ。

「ぎ、銀行に、ふ、振り込ませる方法は？」

「パパは自分の銀行口座を持ってないよ」

「小切手で受け取るとか、十億円分の宝石や金貨に換えるとかの方法もあるで」桃太郎が、いか焼き臭いゲップをする。

「それもパパの性格を考えたら、ないと思う。小切手や宝石で受け取っても、お金に換えられないんじゃないかな。超のつく面倒臭がり屋だし」

かなり高い確率で、パパは十億円の身代金を現金で受け取るはずだ。

ぼくは、それに賭けてみようと思う。

「ほんなら、十蔵が現金で受け取るとして、七海はどこの場所を予測するねん」

「すぐには思い浮かばないよ。もし、自分たちが犯人ならどこで受け取る？」

「オレやったら船を用意するわ。カッコいいクルーザーとかさ。身代金を受け取ったらすぐ海に逃げるねん。それやったら、執念深い衣笠諭吉も追いかけてこれへんやろ」桃太郎が、鼻を膨らませて言った。

「パパに船を買う金なんてあるわけないじゃん。まあ、あの人なら公園の池にあるアヒルのボートでも、余裕で太平洋を横断しそうだけど」

「ゆ、諭吉には、へ、ヘリコプターがある」ツネオが、首を振った。

「ほんまや。七海から聞いた京都の話をすっかり忘れてたわ。いくら逃げようと、ヘリで追いかけられたら終わりやんけ」

閃《ひらめ》いた。空から見えない場所を逃げればいいんだ。

「地下鉄はどうかな。大阪には御堂筋線、堺筋線、四つ橋線、谷町線、千日前線、中央線、今里筋線とあるだろ」

地下を縦横無尽に走り回れば、ヘリは通用しない。

「な、長堀鶴見緑地線もある」ツネオが追加した。

ぼくの直感が、ビンビンに冴え渡ってきた。

「パパは地下鉄を使うと思う。冒険のときも洞窟が大好きだったし」

「でも、身代金は百キロもあるねんぞ。そんなもん持って、移動できるわけないやんけ」桃太郎が反論した。

問題はそこだ。百キロの現金を、パパと風子ちゃんがどうやって運ぶのかさえわかれば、二人の行動が読める。

ぼくたち三人は、いか焼きを食べながら頭を捻った。傍から見れば、小学生三人の可愛らしい光景だ。まさか、生々しい誘拐の身代金受け取りについて考えているなんて、誰も思わないだろう。

「人間の一番の弱点は、何でもかんでも深く考えることだ」

パパは、ぼくが宿題をするたびに、机の横に仁王立ちになって説教した。

「考えるに決まってるじゃん。宿題をしてるんだからさ」

「宿題だけのことを言ってるんじゃない。お前の人生の話だ」

人生も大事だけど、その前に宿題だよ。

毎回、説教の内容は違うが、言い返すと長くなるので、ぼくは適当に相手をする。

「人間は考えないと生きていけないでしょ」

「違う。考えるから生き辛くなるんだ」

「難しくてわかんないや」ぼくは、大げさに首を傾《かし》げた。

パパは、ぼくのこの仕草が好きだ。子供らしく困った表情を見ることで、父親らしさを実感できるからだろう。自分の人生論を教える（押しつける）ことでね。

「たとえば、お前が太平洋のど真ん中で遭難したとしよう」

するわけねえだろ。

言い返したいのをぐっと堪《こら》えて素直に「うん」と答える。

「もちろん、たった一人だ。助けてくれる人は誰もいない。救助を呼ぶ無線もない」

「ずいぶんと条件が厳しいね。救命ボートにでも乗ってるの」

「いや何にも乗っていない」

パパがさらに、ハードルを上げた。

「泳いでるの？　じゃあ、死ぬのは時間の問題だね」

「わかった。浮き輪はありにする。海に浮いている様をイメージしてみろ」

海水浴場で遊んでいる姿しか思い浮かばないけど、素直に「したよ」と言った。早く宿題に戻って終わらせて、漫画を読みたい。

「遭難したときには、深く考える奴ほど助からない」パパが偉そうに断言する。

「そうかなあ。やっぱり考えたほうが助かる確率は上がると思うけど」ぼくは、さすがに反論した。

「そんな絶望的な状況で何を考えるんだ」

「生き残るための方法だよ」

「どうやって生き残る？」

「魚を食べるとか」

「その魚はどうやって捕まえる？」パパが、間髪を容れずに訊いてくる。

知らないよ。今は宿題の分数の計算で頭がいっぱいなんだってば。

「手摑みとかかな。もし、糸があれば、それで釣りをしてもいいよね」

「それで魚をうまく捕まえられたら問題ない。しかし、失敗続きだったらどうする。もしくは、まったく魚が近くを泳いでいなかったときは？」

「そうなったら、たぶん、落ち込むだろうな」

「絶望的な状況で、メンタルに打撃を受けるのは命取りになる。生き残るモチベーションを失うのが一番怖い」

「だって、魚が獲れるか獲れないかなんて、運次第じゃん。運が悪いときは誰だってヘコむよ」

「それは魚が獲れたらいいなと考えたからだろう」

「そりゃ、誰だって期待するよ」

パパが、ぼくの肩を力強く摑んだ。

「人は考えるとき、期待する。期待をするから必要以上にダメージを受けて我を失う」

「最初から期待しないネガティブな人もいるよ」

どちらかと言えば、ぼくはそっちのタイプだ。

「それは期待を裏切られるのが怖くて、最初から逃げてるだけだ。期待していることには変わりない」

「じゃあ、どうすればいいんだよ」

「考えるな。まず動け。適当でもいい。めちゃくちゃでもいい。考えずにチャレンジしろ。それで失敗しても、最初から期待をしてないからショックを受けることもないだろ」

パパが何を言っても屁理屈にしか聞こえない。

そろそろ、パパを褒めて終わらせよう。

「さすがパパだね。考えることをやめれば、太平洋のど真ん中でも生き残れるんだ」

パパは、ウインクをして親指を立てた。

「ああ。動き続ければ奇跡は起きるさ」

「地下鉄に乗ろうぜ」

ぼくは、歩道橋の手すりを握っていた手を離した。

「何線に乗るねん？　梅田から乗る線だけでもいっぱいあんぞ」桃太郎が、不安げな顔になる。

「適当でいいよ。何だったら、全部の地下鉄に乗ってやる」

「乗ってどうすんねん？　何の手掛かりも見つからんかもしれへんぞ。そうなったら、めっちゃ時間をロスするやんけ」

「期待しちゃダメなんだよ」

二人は、ぼくを見てポカンと口を開けた。

「マジか。自分の父親が殺されるかもしれへんねんぞ」

「め、めちゃくちゃだ。え、江夏家の血だ」

「動き続ければ奇跡が起こるよ」

パパの台詞をパクったけど、さすがにウインクするのと親指を立てるのは恥ずかしくてできなかった。

「御堂筋線から乗ろう。なんばに着いたら、四つ橋線か堺筋線に乗り換えようぜ」

ぼくは、阪神百貨店を背にして大阪駅へと歩道橋を渡ろうとした。

「ほ、本町で、ち、中央線に乗ってもいい」

ツネオも小走りでついてくる。

「ちょっと、待ってや」

桃太郎がその場から動かず、名残惜《なごりお》しそうな目で阪神百貨店を見ている。

「どうしたんだよ」

ぼくとツネオは、桃太郎のもとへと駆け戻った。

「もう一回、いか焼き買いに行ってもいい？　余計、腹が減ってきてん」

「いい加減にしろ」

ぼくとツネオは、同時に桃太郎の腹にパンチした。

23

もう、クタクタだ……。

ぼくは棒のようになった足を引きずりながら、難波《なんば》の髙島屋の裏にあるなんばパークスの入り口の前を歩いていた。

この四時間、ぼくたちは、地下鉄で大阪の街を行ったり来たり、何度も縦と横に往復した。目的地なしに、ただ移動するだけがこんなに疲れるとは思わなかった。

梅田から御堂筋線で大国町まで行き、四つ橋線に乗り換えた。次に、四つ橋線を使って西梅田まで戻る。そこから徒歩で東梅田まで歩き谷町線に乗った。谷町線で谷町九丁目まで行き、千日前線に乗り換える。千日前線で西長堀まで行き、長堀鶴見緑地線に乗り換えて森ノ宮に行き、中央線に乗り換えて堺筋本町まで行き、堺筋線に乗り換えて日本橋で降り、歩いて難波までやってきた。わけがわからない人は大阪の地下鉄路線図で確認して欲しい。

モグラかよ！

外の空気が吸いたくなって、やっと地上に顔を出したところだ。

「ダメだ。腹が減って死にそうや。これ以上地下鉄に乗るならもう死んだほうがマシやわ」

桃太郎が、泣きそうな顔で腹をさすっている。いや、もう泣いていた。

ツネオも放心状態で、目の下にクマを作っている。

地下鉄に乗ってもこれといった収穫はなかった。ひとつわかったことは、百キロの現金を持っての移動は絶対に無理だということだ。

午後二時前——。ランチどきが終わっても、難波には人が多かった。梅田とは歩いている人の種類が違うので、アウェーな気持ちになる。

なんというか、キタに比べてミナミ（梅田はキタで、難波はミナミだ）は、街も人もファンキーだ。昭和から抜け出してきたようなリーゼントの不良少年たちもいる。がに股で歩きながら堂々とタバコを吸ってるけど、あれは中学生ぐらいじゃないかな。

とりあえず、腹ごしらえだ。あれだけ食べたいか焼きは、若いぼくたちの胃袋の中で早々に消化されて、跡形もなく消えていた。

「何を食べたい？　贅沢はダメだけど、好きなもの食べてもいいよ」

「ステーキか焼肉！」桃太郎が叫ぶ。

「ご、極上の、す、鮨」

ツネオは、銀縁メガネの下で、疲れすぎて白目を剝いていた。

「だから、贅沢はダメだって言ってるだろ」

「ケチケチすんなや。十万円も持ってるねんから、ちゃんと栄養つけさせてくれよ」

あまりにも桃太郎がうるさいので、ぼくたちはなんばパークスで遅めの昼ご飯を食べることにした。

せっかく難波に来たのだから、有名なお好み焼屋かうどん屋に行きたかったけど、これ以上歩きたくなかった。

すると、六階にステーキカレーの店があった。カレーとボリュームたっぷりのステーキが同時に食べられるなんて、夢のコラボレーションではないか。

ぼくたちは、夢中になって食べた。こんなにも美味しいものが世の中にあるのかと感動し、ぼくとツネオは二皿、桃太郎は三皿をペロリと平らげた。

お腹が破裂しそうなほど苦しい。

ぼくはウンチがしたくなってトイレに行き、幸せな時間を過ごしたあと、二人のもとに戻ってきて愕然とした。

桃太郎とツネオが、リーゼントの不良二人組に絡まれているではないか。なんばパークスの入り口付近をタバコをくわえてがに股で歩いていた奴らだ。

「おい、お前ら顔貸せや」

リーゼントの二人は、強引に肩を組んできて、ぼくたちを屋上まで連れていった。そこはパークスガーデンと呼ばれている屋上公園で、芝生やちょっとした遊具やベンチがあり、買物の客がのんびりできる、憩いのスペースとなっていた。

ポツポツと小雨が降ってきたせいで、屋上にはぼくたち以外に誰も見当たらなかった。

「おい、こらっ。金出せやって言うてるやろ」

鋭いビンタが飛んできて、ぼくの左頬にジャストミートした。

せっかく美味しいカレーだったのに、ビンタのショックで味の記憶が吹っ飛んだ。まさに、天国から地獄だ。

「オレら小学生やから、五百円ぐらいしか持ってへんで」桃太郎が、咄嗟に嘘をつき、ポケットから小銭を出そうとする。

「嘘つけや、こらっ。さっき、なんばパークスの前で『十万円も持ってるねんから、ちゃんと栄養つけさせてくれよ』って言ってたやろうが」

最悪だ。聞かれてたのかよ。

ぼくとツネオは同時に、桃太郎を睨みつけた。だいたい、コイツは公共の場で声がデカすぎる。

「三人の中で誰が金を持ってんねん。大人しく出さんと、ケツの穴から手突っ込んで、奥歯ガタガタいわすぞ」

脅し文句まで、昭和スタイルだ。さすが、ミナミの不良少年たちだ。

よく見ると、二人のリーゼントは双子だった。眉毛が異様に細く、ニキビだらけの顔がそっくりで、リーゼントの長さでしか判別できない。二人とも、ぼくたちを見下ろすぐらい背が高く、おそろいのえんじ色のボウリングシャツを着てダボダボのジーンズを穿《は》いている。

「金はこの中に入ってんのか」

短いリーゼントが、ツネオのリュックサックを奪う。

「は、離せ。き、貴重品だぞ」

ツネオが素早くリュックサックを開けて、『地獄キャップ』と『ヌンチャク・スニーカー』を取り出した。

「どこが貴重品やねん」短いリーゼントが鼻で笑う。

「見てろよ」

ツネオが『ヌンチャク・スニーカー』の紐を結びはじめる。

「何しとんねん、お前は」長いリーゼントが、ツネオに頭突きをした。

強烈な一撃だ。

ツネオはひっくり返り、また白目を剝く。

「どこが貴重品やねん。がらくたばっかりやんけ」

短いリーゼントが、リュックサックに入っていたツネオの発明品を地面にぶちまける。

クソッ。武器が使えないとなると、素手で戦うしかない。

膝がガクガクと震えてきた。

落ち着け。ぼくは、軍用犬のシェパードにもビビらなかったじゃないか。

「なんや、その目は。やんのか、こらっ」

また、長いリーゼントのビンタが飛んできた。それをぼくはまともに食らった。耳がキーンと鳴って、喉の奥で血の味がする。

おかしい。ピンチなのにスローモーションにならない。自分の呼吸音や心臓の音もまったく聞こえない。

「七海、大丈夫か？　ここはコイツらの言うとおりにしたほうがええんちゃうかな」桃太郎が、半ベソをかきはじめる。

金を出せっていうのかよ。せっかく、平田が貸してくれたのに……。

十万円は、山分けして三人で持っていた。自分たちの財布には入れず、もしものために三人とも靴下に隠していたのだが、その「もしも」が、こんなに早くやってくるなんて。

「誰が〝コイツら〟やねん」

長いリーゼントが、桃太郎の太ももを力任せに蹴り上げる。

「ぎゃあ」桃太郎が、悲鳴を上げてツネオの隣に倒れ込んだ。

「あかん。俺らナメられてるやん」短いリーゼントが、ポケットからジャックナイフを取り出した。武器まで昭和だ。

「あーあ、怒らせよった」長いリーゼントが、ニヤニヤと笑う。「お前ら、ポコチン切り取られるぞ」

ハッタリだとわかっていても怖い。情けないけれど、ぼくはペタンと地面に座り込んだ。

「ごめんなさい。ごめんなさい」

桃太郎が、泣きながらズボンを上げて靴下の中から一万円札を取り出した。

「やっぱり持ってるんやんけ。他の二人もさっさと出せや」

短いリーゼントが、ナイフの刃先をわざとぼくの顔に近づける。

ぼくは、必要以上にビクリと反応して体を逸らした。

どうして、こんなに怯えているんだ。リーゼントの二人と戦いたくても、ヘビに睨まれたカエルのように、体が自由に動かない。

さっきのビンタだ。リアルな痛みを知ったことで、ぼくの能力は失われたんだ。

ぼくの目からも涙が出てきた。これは、悔し涙だ。冒険家のパパの血を引きながら、肝心なところで勇気が出ないなんて情けない。

ぼくとツネオも観念し、靴下にしまっていたあり金をすべてリーゼントの二人に渡した。

「毎度、おおきに」

リーゼントの二人が、嫌味たらしく声を揃えた。

また、パパの顔が浮かんだ。「七海、お前は一生俺に勝てないぞ」と笑っている。

わかってるよ。でも、怖いんだ。

リーゼントの二人が、ぼくたちに背を向けて去っていく。今立ち上がって後ろから襲いかかれば、二人のうち一人は倒せるかもしれない。

……ダメだ。ぼくの心は、誰かに乗っ取られたように弱虫だった。

違う。これが本当のぼくなんだろ。パパみたいに自分を貫いて強く生きることなんて、これから先もできないんだよ。

雨が激しくなってきた。負け犬にはふさわしいシチュエーションだ。ぼくがガックリとうなだれた瞬間、雷が落ちた。

「男が泣くな！　アホ！」

雷じゃなく、女の子の声だった。

遊具の陰から、見覚えのあるシルエットが現れる。

「リーゼントのあんたら、よくもウチの弟をいじめてくれたな」

風子ちゃんだ……。

ぼくたち三人の涙は、ピタリと止まった。ど、どうして、ここにいるんだよ。

リーゼントの二人が振り返り、少し驚いた顔になる。「なんや、この女。お前の姉貴か」

「見逃したるから、この子たちから取ったお金を置いていき」

風子ちゃんが、長い足をいっぱいに開き、ズンズンと大股でリーゼントの二人に近づいていく。白のタンクトップに赤と黄色のチェックのシャツ。そして、デニムのホットパンツ。

昨日とまったく同じ格好だ。

今ごろになって、スローモーションが復活した。ゆっくりと落ちてくる無数の雨粒を弾きながら、険しい顔つきで歩く風子ちゃんは、まるで闘技場に向かう古代の戦士みたいだった(古代のことは詳しくないけど、とにかくそんな感じだ)。

「見逃すやと?」短いリーゼントが、ジャックナイフをまた出した。「あんま調子に乗ってると、その顔に一生消えへん傷付けんぞ」

風子ちゃんが、堂々とリーゼントの二人の前に立ちはだかる。

「付けれるもんなら付けてみろ。その代わり、責任とってうちを嫁に貰えよ。二人とは結婚できへんからジャンケンで決めろや。最初はグーやぞ」

嫁に貰えって……。

そんな脅し文句って聞いたことないよ。

一発でわかった。風子ちゃんは、ぼくよりもはるかにパパの血を引いている。

24

「ウチの奢《おご》りやから遠慮せずに食べてや」

風子ちゃんが、チョコレートパフェのアイスクリームにスプーンを何度も突き刺しながら言った。

一時間後。ぼくたちはなんばＣＩＴＹの地下にあるカフェに来ていた。この店は山盛りのフルーツやアイスクリームをトッピングしたパフェやあんみつが食べられるので、甘党にとってはパラダイスみたいな店だ。

わかりにくい場所にあるからか、意外と店内は空いている。客はぼくたちと数組のカップルだけだった。

「やっぱ、パフェは裏切らへんわあ」

風子ちゃんは、カップに盛られた生クリームとフルーツをパクパクと凄い勢いで食べている。

可愛いにもほどがあるよ。

この至近距離で見ると、眩しすぎて目が溶けそうになる。まるで、アイドルが出演しているハーゲンダッツのＣＭを生で観ているみたいだ。

……いやＣＭどころじゃない。風子ちゃんは、そんな枠にはハマり切らないキュートさと美しさを兼ね備えている。うまくたとえるのは難しいけど、洋画に出てくる、無垢《むく》で凛《りん》としていて、しかも強い少女みたいだ。ぼくは、マルガリータに薦められてよくＤＶＤで洋画を観るのだけど、『レオン』や『キック・アス』に出てきたヒロインのようなオーラを風子ちやんは持っていると思った。

「ほんなら、遠慮なくいただきます」

桃太郎が恐る恐るパフェを食べはじめる。それに合わせて、ぼくとツネオもスプーンを持った。

ぼくの目の前にあるのはグリーンティーのアイスと白玉が載っかった和パフェ。ツネオはティラミスパフェ。桃太郎は、ストロベリーのパフェである。ちなみにぼくたちに選択権はなくて、風子ちゃんが勝手に注文した。

「ストロベリーパフェはどんな味？」風子ちゃんが桃太郎に訊く。

「イチゴの味です」桃太郎が、俯き加減に当たり前の返事をする。

「ティラミスとフルーツの相性は？」

「ア、アンバランスさが、わ、悪くない」ツネオが白目で答える。

二人がオドオドしているのにはわけがある。リーゼントのヤンキーたちを、なんばパークスの屋上で一蹴した風子ちゃんにビビっているのだ。せっかくのパフェを味わう余裕がない。

「七海、白玉一個ちょうだい」風子ちゃんが、ぼくの返事を聞かずに、白玉をかっさらっていく。「うわっ。美味しい。もう一個ちょうだい」

強引でマイペース。ジャックナイフを持ったヤンキー相手に一歩も退《ひ》かなかった勇気と無謀さ。

パパそのものじゃん。やっぱり、間違いなくパパの子だ。

風子ちゃんは、ヤンキーたちのハッタリを見抜き、口でガンガン攻撃して、挙句の果てには雨が降る中ヤンキーたちを正座させて泣かしたのだ。

「そろそろ、パパの話をしてもらっていいかな」

ぼくは、三個目の白玉に手を伸ばそうとしている風子ちゃんに言った。このままでは、風子ちゃんに全部食べられてしまう。風子ちゃんにパパの居場所を訊ねたら、「疲れたから休憩しようや」と言われてこの店に連れてこられていた。

「今？　食べ終わってからにしようや」

「ダメだよ。食べながら話して」

「十蔵君なら地下に潜ってるよ」

十蔵君？　パパをそんなふうに呼んでるの？

「ふざけてないでちゃんと教えてよ」

「だから、大阪市内の地下鉄のどこかにいるってこと」風子ちゃんが、ぼくを見てニヤリと笑った。

「ほんじゃあ、七海の推理が合ってたってことか」

「へ、平成の、め、名探偵だ」

桃太郎とツネオがスプーンをくわえたまま目を丸くする。

「ウチと十蔵君が身代金を受け取る準備してたら、偶然、君たちを見かけたんよ。正直、びっくりしたわ」

やっぱり、パパの呼び方が気になる。自分の父親を君づけで呼ぶのってどうなの？

だけど、風子ちゃんからすれば、突然現れて「父親」と言われても、そうは思えないのかもしれないよね。

「ぼくらを目撃したんはどこの駅ですか？」

桃太郎はガチガチに緊張していて、さっきからキャラに似合わない敬語を使っている。

「教えられへん」風子ちゃんが、いたずらっ子のような笑みを浮かべる。

「て、ことは、もうそろそろ身代金を衣笠から受け取るってこと？」ぼくは、風子ちゃんを睨みつけた。

めちゃくちゃ可愛いのに、なんだかパパとしゃべっているみたいでイライラする。

「もちろん、身代金を受け取るときはウチはその場におらへんほうがええから、どこに隠れようかと思っててん。で、隠れ場所を探してたときにちょうどタイミングよく君たちが現れたから、おもろそうと思って尾行したんよ」

尾行？　まったく気がつかなかった。

「と、灯台、も、もと暗し」ツネオが、ビビりながらも頰を赤らめる。

「ところで七海。ウチに何か言い忘れてへん？」

風子ちゃんが、小首を傾げて眉を上げた。これも得意げなときにパパがよくやる仕草だ。パパの血を引いているのに、なぜこんなに可愛くなるのか謎だ。遺伝子が突然変異を起こしたとしか思えない。

「……助けてくれてありがとう」

ぼくは渋々と言った。なんだか、屈辱的な気持ちになる。

「弟がいじめられてるねんから助けるのは当たり前やん」

たしかにそうなんだけど、あらためて言われると、男としてあまりにも情けない。

それに、ぼくのことを完全に弟としか見ていないことにちょっぴりショックを受けた。姉弟《きょうだい》だってことくらいわかっているけど、風子ちゃんにひと目惚れした衝撃は、ぼくの胸にまだ残っている。

白玉を口に入れて微笑む風子ちゃんは、写真で見るよりも百倍……千倍と言っても大げさじゃないくらい輝いていた。

イラつくけど恋をしてしまった。そして、その恋は絶対に叶《かな》わない。生まれて初めての複雑な感情にぼくは戸惑い、混乱し、泣きそうになった。

嫌なことは我慢できる。今まで、さんざんパパの暴走に耐えてきた。でも、胸の奥がチクチク痛くてむず痒いこの気持ちを、どうやって我慢すればいいのかわからない。

「いつもそんな感じなのかよ」ぼくは、わざとぶっきらぼうに訊いた。

「何の話？」

風子ちゃんが四個目の白玉を狙っている。ぼくはまだひとつも食べていない。美味しそうだったけれど、もう諦めた。

「ナイフを持っている奴に立ち向かうなんて、何考えてんだよ。もし、刺されたらどうすんの。死ぬかもしれないじゃん」

「そんときは、そんときやん」風子ちゃんが、白玉を飲み込み、真剣な顔になる。「人間は誰でも絶対にいつかは死ぬ。明日、ドブにハマってこの世とおさらばするかもしれへんやんか」

「ドブで死ぬかなあ」桃太郎が、生クリームを唇につけながら首を捻る。

「た、たとえだ。ひ、人はあっけなく死ぬ」

「そのとおり。フォローありがとうな、メガネ君」

風子ちゃんがウインクをしたので、ツネオの顔が湯気が出るほど真っ赤になった。どうやら、ツネオも風子ちゃんの魅力にノックアウトされていたようだ。

「わかってるよ、そんなこと。でも、みんな、死ぬのが怖くて戦えないんだ」ぼくはムキになって言った。

風子ちゃんが、スプーンをテーブルの上に置く。

「カッコ悪いまま、ダラダラと生き続けるほうが、ウチは怖いな」

「そんな言い方すんなよ。世の中のほとんどの人は、自分のことをカッコ悪いと思ってるけど、我慢して生きてるんだ」

「七海。よく聞きなさい。カッコよく生きるほうが我慢の量は多いのよ」

ウザい。口調まで、パパだ。

「うるさい」

ぼくは思わず、テーブルを拳で殴った。パフェが倒れそうになり、慌てて桃太郎が支えた。

「おいおい、今は姉弟喧嘩してる場合とちゃうやろ」

「か、家族同士だ。あ、愛し合え」

桃太郎とツネオがぼくを宥めるので、余計に怒りが増してきた。

お前ら、どっちの味方なんだよ。

「どうして、パパは十億円ものお金が必要なんだよ？」

「お金、十蔵君は使わへんで」風子ちゃんがあっけらかんと答える。

「えっ？　じゃあ、誰が……」

「ウチに決まってるやん」風子ちゃんが、ぼくの最後の白玉をパクリと食べた。「ウチが十蔵君に、ウチのこと誘拐してってお願いしててん」

目眩がした。

「トイレに行ってくる」

気分が悪くなったぼくは席を立った。

25

いよいよ、ぼくたちの夏の冒険物語はクライマックスに突入する。

その前に、どうしても語っておきたいことがあるんだ。

それは、江夏由実の話。ぼくのママ。

決して、焦《じ》らしてるわけじゃないよ。「早く結論を教えてよ」という気持ちはわかるし、なにかとクソ忙しい世の中、小学五年生の夏休みの話なんかに、いつまでも時間を割けないよね。

でも、聞いて欲しい。

だって、ぼくはパパだけに育てられたんじゃない。ママは、失踪するまでは、ぼくのことを愛してくれた。ぼくの半分は、ママでできているんだ。ママ抜きで、勝手にクライマックスを迎えることはできない。

本当に愛しているのなら、ぼくを捨てるわけがないって？　うん。ぼくもこの冒険を体験しなかったら、ずっとそう思っていたよ。だけどね、茨木市の和菓子屋でママと再会したとき、確信したんだ。

ママは、前よりも、ぼくのことを愛しているって。

もうパパとママと家族三人で住むことができないのはわかっている。絶対に元に戻れないってことが、人生にはあるんだね。どんだけ頑張っても努力しても奇跡を祈っても泣きじゃくっても、無理なものは無理なんだ。

だけどね。変わらないものもある。

殴られても絶望を味わっても自分に嘘をついても、永遠に変わらない。そういうものを誰しもが持ってるんだ。

小学五年生だけど、生意気なことを言わせてもらうよ。

愛は永遠だぜ。

暴走しまくってぼくを傷つけまくっているパパと、何も言わずに姿を消したママを、ぼくは愛し続ける。誰に強制されたわけでもない。理由がないのに芽生える気持ち。不思議だけど、愛するって、当たり前の感情なんだ。

だから、ママがこれからもぼくを深く愛し続けてくれると信じることに、何の根拠も必要ない。肌で感じたんだ。言葉にする意味がない。

ママとの思い出話をここでひとつだけする。

七歳の冬。ぼくは虫垂炎で入院した。

手術が終わった日の夜、ママは病院に泊った。生まれて初めての入院で不安がるぼくのために、お金がないのに個室の部屋を取ってくれていた。ぼくのベッドの横で、ママは簡易ベッドを並べて寝た。

真夜中。目が覚めると、ママが枕元に立って、ぼくの顔や首筋の汗をタオルで拭《ふ》いてくれていたのさ。ぼくは全身麻酔が抜け切らない感覚で、意識が朦朧としていたから、もしかすると、夢かもしれないけど。

「ねえ、ママ。もし、ぼくが死んだらどうする？」

手術のあとで、気が滅入《めい》っていたぼくは、弱気な発言を漏らした。右の下腹がチクチクと痛むのも憂鬱《ゆううつ》だった。

「手術は成功したから大丈夫よ」タオルを持っていないほうの手で、ぼくの手を握ってくれる。

「もしもの話だよ。だって、ぼくがママより先に死ぬこともあるんでしょ」

「ないわ」ママが断定する。「私が絶対に死なせない」

ママの顔は、疲れ切っていたけど最高にカッコよかった。

ちなみにパパは、酒に酔って梅田の東通り商店街で外国人と喧嘩し、留置場に放り込まれていたので、ぼくの見舞いに来られなかった。

「どうしたのママ？」

ぼくは、ママが泣いてることに気がついた。ママが泣いている姿を見ると、こっちの胸まで締めつけられる。

「ちょっと、悲しいこと思い出したの」

「どんなこと？」

「昔の話だから、七海は気にしないで」

「どうせ、パパの話だろ」

ぼくは、パパのニヤけた顔を思い浮かべて、さらに気分が悪くなった。

「違うわ。パパはママを悲しませたりはしない」

「あんなにハチャメチャなのに？」

ママが頷き、微笑む。「ハチャメチャなことくらい、わかってて結婚したのよ」

そうだ。パパは、ママを結婚式で略奪したんだった。

「じゃあ、悲しいことって何？　もしかして、ぼくのせい？」

ママが、優しくぼくの頭を撫でる。「七海のせいでもないわ」

「じゃあ、誰のせいなの？　ぼくがそいつに仕返ししてやる」

「ママ自身の問題よ」

いつもと違うママに、ぼくは不安になってきた。

「昔に何があったの？　ぼく、絶対にショックを受けないから話して。このままだったら気になって眠れないよ」

ママは困った顔をしたけれど、ぼくは引き下がらなかった。

「七海はパパそっくりね」

「ぼくがパパに？　どこが？」

世の中で、一番言われたくない言葉だ。

「いっぱいあるわよ」ママが得意げに、並べはじめる。「頑固なところ。退屈が我慢できない性格。機嫌がいい日の言葉遣い。後頭部の形。背中の丸め方。不味《まず》いものを食べたときの顔。欠伸の仕方。寝顔と寝相」

「もういいよ」

　まだまだ続きそうだったので、割って入って止めた。

　ママは、ムカついているぼくを見て、ニヤニヤする。「ほらっ。その眉のひそめ方なんて瓜二つだわ」

「昔、何があったのか教えてよ」

　ママが、真顔になり、大きく息を吐いた。「わかったわ。お友達には言わないでね。七海の胸の中にしまっておける？」

「約束するよ」ぼくは、ちょっぴり怖くなってきたけど頷いた。

「七海にね、本当はお兄ちゃんがいたの」

「マジ？　そ、その人は、今はどこにいるの」

「天国よ」

「死んだの？」

「生まれてから半年後にね」ママの目から、さらに大粒の涙が零《こぼ》れる。「心臓が弱かったの」

「どうして、今までぼくに黙っていたんだよ」

「隠していたつもりはないわ。七海がもう少し大きくなってから言おうと思っていたわ」ママが手の甲で涙を拭《ぬぐ》った。「それにパパがね……」

「パパがどうしたの」言葉を詰まらせるママに訊いた。

ママは、息継ぎをするように、もう一度息を吐く。

「何もできなくなるぐらい、ショックを受けたの。ほんとは、パパは今も立ち直れていないわ。ずっと心の傷と向き合っている」

「あのパパが？」

「パパは、自分が死ぬことは全然怖くない人だけど、愛する者を失う恐怖には耐えられなかったのよ」

パパが落ち込んだり、悲しんだりしている姿なんて、まったく想像できない。そういうことをまったく感じない、超のつく鈍感野郎だと思っていた。

「パパは無敵じゃなかったんだね」

「パパは世界一弱い男よ」ママが、ようやく、泣くのをやめてくれた。洟《はな》を啜り上げて、ぼくの目をじっと見つめる。「だから、七海を育てるのが怖いのよ。七海に何かあったりしたら、今度こそパパは耐えられないわ」

「もしかして、ぼくのお見舞いに来ないのも……」

「そうよ。恐怖に耐えられなくて、お酒をがぶ飲みして喧嘩になったの」

虫垂炎の手術くらいで、それ？

たしかに、パパは恐怖に怯えているのかもしれない。

もし、ぼくにお兄ちゃんがいたら、きっと、仲良くなれたはずだ。二人で、パパの悪口を言い合ったり、パパを無視したり、パパがトイレから出てこられないように閉じ込めたり……。

一緒に家出をして、どこかで暮らしていたかもしれないよね。

天国にいるお兄ちゃんの名前を聞きたかったけどやめた。もう、これ以上、ママの涙は見たくない。

ママは、スッキリした顔になっていた。ぼくに秘密を打ち明けて、楽になったみたいだ。

「パパが冒険をしなくなったのは、七海と離れるのが怖いからよ。せっかく手に入れた宝物を失《な》くしたくないの」

ぼくは、そのひと言で眠りについた。もう一度言うけど、麻酔で意識が朦朧としていたから夢かもしれないよ。

でも、ママとの大事な思い出だ。

26

「十億円もの大金、何に必要なんだよ」

カフェを出たぼくたちは、地下鉄御堂筋線の改札前に来ていた。夏休みだから親子連れも多く、かなり混雑している。

「だから、誘拐が無事に終わったら教えてあげるやんか」何度、身代金の使い道を訊いても、風子ちゃんは答えてくれない。「まずは身代金の受け取りが成功せな話にならへんしね」

とても、人質の台詞とは思えない。

「そこをどいてよ」

ぼくは、改札の前で立ち塞がる風子ちゃんに言った。だけど、風子ちゃんは仁王像のように微動だにしなかった。

「どかへん。十蔵君の邪魔をする気やろ」

ぼくは力強く頷いた。「ああ、そうさ。こんなくだらない誘拐なんて、ぼくが阻止してみせる」

「親子対決ってやつやね」

風子ちゃんが、他人事《ひとごと》のようにニヤニヤと笑う。パパそっくりの笑い方だけれど、可愛いから許す。

「七海を舐めんなよ。こいつは、この冒険でパワーアップしてんのやからな」桃太郎が風子ちゃんに嚙みついた（腰は引けていたけれど）。

「し、真の力が、か、覚醒した」ツネオも嚙みつく（完全に甘嚙みだけれど）。

「冒険？」風子ちゃんが、半笑いのまま目を丸くする。「何、それ？　十蔵君に対抗してるつもりなんや」

ベラベラしゃべりすぎだってば、桃太郎。今回の騒動を冒険にたとえてるのは、ぼくらの間だけのノリだろ。まあ、桃太郎が空気を読めないのはいつものことだから仕方がないけれどね。

「ぼくは、絶対にパパに勝つ」

ぼくは、照れくささで耳が熱くなるのを感じながら、風子ちゃんに宣言した。隣を通るサラリーマンが「邪魔なガキだな」という目で、ぼくたちを見た。

「どうやって阻止するんよ」風子ちゃんが、腕を組んだ。「十蔵君が地下鉄のどこにいるかも、どうやって身代金を受け取るかもわからへんのにさ」

「パパの考えることはわかる」

「どうやって？　超能力でもあんのか」

「ぼくはパパの息子だから」

風子ちゃんが、興味津々の目でぼくを見る。「へえ。おもろいこと言うやん。ほんまにわかんの？」

「ああ。手に取るようにね」

とりあえず、ハッタリをかましてやった。いつまでも、風子ちゃんにペースを握らせてたまるか。

風子ちゃんの表情がコロリと変わった。フリスビーを目の前にしたラブラドールみたいな顔になる。

「ウチもついていこうかな」

「どういう意味？」

「君たちについていくわ」

「はあ？」ぼくたち三人は、同時に声を上げた。

「もしかして、風子ちゃん、十蔵の居場所を知らんのとちゃう」

「み、身代金の受け渡し場所は、な、謎なんだな」

桃太郎とツネオが、立て続けに質問する。

「知ってるで。だって、ウチが使うお金やもん」

風子ちゃんが残念でしたとばかりに、人差し指を振る。

「じゃあ、どうして、ぼくたちに同行する必要があるんだよ」ぼくは、その仕草にカチンときながら言った。

「君たちが、ほんまに十蔵君に勝てるか見物したいねん。だって、めっちゃおもろそうやんか」

ぼくたちは、あんぐりと口を開けた。

どこまで、勝手なんだよ……。

さっきまでは、誘拐の邪魔をするなって言ってたくせに。

「さあ、行こうや」風子ちゃんが、改札の前から離れて、ぼくたちの背後に回る。「ウチは一番後ろから見てるし」

「無茶苦茶だよ」

「何で？　どこかおかしい？」風子ちゃんが、キョトンと首を捻る。

「すべてがおかしいよ。もっと、人質らしくしてよ」

「ウチは犯人でもあるからな。立ち居振る舞いが難しいわ」

ヤバい。風子ちゃんには、パパの暴走キャラに、天然ボケのキャラが上乗せされている。

ある意味、最強じゃないか。

「は、犯人と一緒に犯人探し、シ、シュールだ」ツネオが、目をパチクリとさせた。


十分後。ぼくたちは、地下鉄御堂筋線の本町駅で降りた。

「なんで、この駅で降りたん？」

風子ちゃんが、ぼくの後ろから嬉しそうに訊いてくる。なぞなぞを出して答えを待つ、子供みたいな顔だ。

「勘だよ」ぼくは、ぶっきらぼうに答える。

本町駅は、乗り換えが多い。御堂筋線以外にも、中央線と四つ橋線の駅がある。

「こんなに人が多い場所で受け渡しをするやろか。オレやったら絶対に避けるわ」桃太郎が、不安げに呟いた。

「ひ、人が多いからこそ、か、隠れやすい」

「なるほど。それも一理あるな」

桃太郎がツネオの意見に納得したけれど、ぼくの狙いは別にあった。作戦がうまくいくかは運とタイミングにかかっている。

ぼくは、一同を引き連れて、駅のホームから階段で出口へと向かう。

「七海。次は何線に乗るの？」

風子ちゃんの質問を無視して、改札を出た。

ぼくは桃太郎とツネオにも何も言わず、急ぎ足で、中央線の改札へと向かった。

「おい、待てや。どこに行くか、オレたちには教えろや」桃太郎がぼくに追いつき、小声で訊く。

風子ちゃんは、ぼくたちから三メートルほど後ろを歩いているので、今ならこっちの会話は聞こえない。

「どこにも行かない。本町駅の構内をウロウロするんだ」ぼくはさらに小声で、二人に言った。

「なんでやねん。理由を教えろや」

「め、目立つぞ。い、いいのか」ツネオも心配そうだ。

「それでいい。目立ちたいんだ」

風子ちゃんが近づいてきたので、ぼくは話すのをやめた。

「何をコソコソ話してるのかな」

風子ちゃんが、手を後ろ手に組みながら、ぼくたちの顔を覗き込んでくる。

決してキレイとは言い難い薄暗い地下道が、風子ちゃんの仕草ひとつで映画のワンシーンみたいになるから不思議だ。

ぼくたちは、競歩の選手みたいにスピードを上げた。前から歩いてくる通行人とぶつからないようにするのが難しい。

でも、風子ちゃんは、まるでダンスのステップを踏むように軽やかに通行人を避けながら、ぼくたちの前に回り込んで、後ろ歩きをしながら話しかけてきた。

「さっきからウチのことを無視してるやろ？　なんか、企《たくら》んでるんとちゃうの」

凄い……。後ろ向きに歩いてるのに、後頭部に目がついてるのかと思うぐらい、向かってくる通行人とぶつからない。ぼくとは運動神経のレベルが違う。どうりで、志村さんが自分のサッカーチームに風子ちゃんを欲しがるわけだ。

「ねえ、ねえ。どこの駅に行くか教えてや」

「先に十億円の使い道を教えてよ。最初に質問したのはぼくなんだからさ」嫌味たっぷりに言ってやった。

「生意気に交渉する気やな」

風子ちゃんは、その場でスキップをしたり、移動しながらクルリと一回転したり、とにかく楽しそうだ。

「遠足きてるんとちゃうぞ……」

「ミ、ミュージカルだ」

桃太郎とツネオも思わず、ツッコミを入れる。

「よっしゃ。ほんじゃあ、ヒント出したるわ。ウチが何で十億円も必要なんか」風子ちゃんが、半回転し、ぼくと横並びになった。「だから、七海もヒントを出さなあかんで。約束やで」

「わかった。約束する」

ぼくの狙いは、ヒントを出さずともそのうちわかる。

「ウチのヒントは『日本のため』やねん」

風子ちゃんが、得意げに胸を張り、ぼくたちの顔を順に見た。

日本？　いきなり規模が大きすぎて、ピンとこない。

「恵まれない人に寄付すんの？」

すかさず、桃太郎が訊く。

「寄付ではないよ」

「ど、動物を、す、救うとか」

「何の動物よ」風子ちゃんがツネオに笑いかける。「将来の日本のためやで」

ますます、わからない。それにしても、『自分のおじいちゃんから十億円をぶんどって日本を救う』なんて発想を持つ中学生って、スケールがデカすぎないか？

伝説的な冒険家の血を引いてるぼくでも唖然とする。

「もしかして、サッカー関係のこと？」

ぼくの質問に、風子ちゃんの肩がピクリと反応した。

「さすがウチの弟やん。ほんまにええ勘してるなあ」

「サッカーで使う？　スタジアムでも建設すんのか？」桃太郎が呆れ返る。

「じ、十億円じゃ造れない。つ、造れたとしてもショボい」

「スタジアムってそんなにかかるの」

風子ちゃんに訊ねられて、ツネオが自信満々で頷く。

「風子ちゃん、海外に行きたいんじゃない？」続くぼくの質問に、風子ちゃんが足を止めた。

ぼくたちも止まって、風子ちゃんの返事を待つ。

「何で、そう思うん？」

「わかんないけど、なんとなくそう思った」

パパと同じ生き方をしたいんじゃないかと思ったからだ。きっと、風子ちゃんにとっては日本は狭いんだと思う。

「半分、正解やな。ウチ、どうしても家出したいねん。十蔵君と会わんかったら、神戸から船に乗ってスペインに行って、バルセロナでサッカーを学ぶつもりやってん。メッシって知ってる？」

「飯？」桃太郎が、お約束の返事をする。

「メッシや。世界最高のサッカー選手」

「ぺ、ペレか、マ、マラドーナでは？」ツネオが訊いた。

「いつの話よ」風子ちゃんがくすりと笑う。「今はメッシか、クリスティアーノ・ロナウドの時代やで」

「メッシってそんなにサッカーが上手《うま》いの？」

「大げさじゃなしに神のレベルやね。メッシに勝つのがウチの目標やねん」

つまり、風子ちゃんは、神に勝つのが目標なんだ。

風子ちゃんの言い方は、自分を信じ切っている。とんでもないビッグ・マウスのはずなのに、応援したくなる。

ふと、パパの言葉を思い出した。

去年の運動会の前日に、リレーの選手に選ばれたぼくは、自信がなくて眠れなかった。そもそも、足が速いなんて誰にも言われたことがないのに、なぜ、ぼくが代表にならなきゃいけないのか納得できなかった。

パパは、そんなぼくを笑い飛ばした。

「七海。自信って言葉は、『自分が信じる』って書くんだよ。他人に信じてもらうのを待ってたら、あっという間に人生が終わるぞ」

ぼくは「そんなのって自惚《うぬぼ》れてる奴みたいじゃん」と反論した。

「自惚れは『自分に惚れる』って書くだろ。自分に恋してるから周りが見えなくなって、痛い目に遭うんだ。自信と自惚れは違う」

なんだか、うまく言いくるめられた気がしないでもなかったが、その後、ぼくは眠ることができた。

そのおかげか、リレーでは恥をかかずに済んだ。ヒーローにはなれなかったけどね。


「そのメッシって人、稼いでるの？」

桃太郎が下世話な質問をする。

「半端とちゃうで」風子ちゃんが鼻を膨らませた。「この前ネットの記事に載ってたんやけど、年俸三十七億円やって」

「すげえ。ほんまかいな」

「ス、スーパー、リ、リッチだ」

桃太郎とツネオが仰天する。

年俸ってことは、一年間だけで三十七億円？　あまりにも天文学的な数字に目眩がする。

それに比べたら、風子ちゃんの身代金の十億円は適正価格のような気がしてきた。

「さあ、ウチは半分だけやけど教えたで。今度は七海が教えてや」風子ちゃんが詰め寄ってきた。「さっきから、地下道をウロウロしてるのは何でなん？」

目の前に接近してきた風子ちゃんは、とてもいい匂いがした。

ぼくは、風子ちゃんの顔がまともに見られず、俯きながら言った。

「ごめんね」

人ごみの中から、巨体の男が現れた。まるで、海面からダイブするクジラのようだ。

良かった。タイミングと運がバッチリ合った。

「風子さん。失礼します」

黒スーツを着た目黒が、風子ちゃんを後ろから捕まえた。

「ちょっと！　離してや！」

「いけません。衣笠様が大変心配してらっしゃいます」

目黒が、ぼくの顔をチラリと見ただけで、去っていく。いつもの黒スーツだが、首には包帯を巻いている。

　ぼくは、カフェでアイスを食べているとき、トイレに行くふりをして茨木市の病院に電話して、目黒に伝えていた。

「一時間後に風子さんを本町駅の構内に連れていくから」と。

　パパを捕まえることだけが、誘拐を阻止する手段じゃない。人質の風子ちゃんを衣笠に返せば、ゲームオーバーだ。

　これで、ぼくの勝ちだ。とりあえずは、パパは衣笠に殺されなくて済む……はずだよね？

27

「どないしてん。十蔵との勝負に勝ったのに浮かない顔やんけ」

　右隣で三角座りをしている桃太郎が、ぼくに言った。

「し、勝利の、お、雄叫《おたけ》びを上げろ」

　左隣のツネオが、ぼくの肩を叩く。

　三十分後。ぼくたちは、缶コーヒーを飲みながら新淀川の堤防に並んで座っていた。風子ちゃんが目黒に捕まり、一件落着したはずなのに、なぜかぼくの心は晴れなかった。あんなに不可能なミッションだと思えたのに、あっけない幕切れだ。

すぐに家に帰る気になれず、寄り道をして、この場所に来た。結局、パパには会えずじまいだったが、もう顔も見たくなかった。

「これで良かったのかな」

「誘拐が終わってんのやから、心配する必要ないやろ」

「衣笠の爺さんが許してくれたらな」

パパが喧嘩を売った相手は、普通の人間じゃない。強大な力を持つ、王様みたいな権力者だ。

「ビビらんでええって。もし、仕返しされるとしても、やられるのは十蔵やねんから」桃太郎が、自分の腹をさする。「それよりも腹減ったわ」

完全に他人事だ。

「と、ところで十蔵は、ど、どこに行った」ツネオが訊いた。

ぼくは溜め息を飲み込み、言った。「そんなことどうでもいいよ。あんなくそオヤジ。それより、風子ちゃんが十億円を何に使うつもりだったのか気になるんだ」

「まあな。たしかに気になるけど、中学生がそんな大金を使いこなせるわけがないやん。ただ単に、バカデカい夢を見てただけやって」

バカデカい夢を叶える人間がまれにいる。ぼくのパパがまさにそうだ。そして、風子ちゃんはパパの血をガッツリと引いている。

「それより、何で缶コーヒーなんか買ってきたんだよ」溜め息がちに、やりきれない気持ちを桃太郎に向けた。

「たまにはええやんけ」

「だからって、ブラックにしなくても……」

「無性に苦い味が恋しいねん」

何でか知らないけど、桃太郎がカッコつけている。いつもファンタグレープを飲んでるくせに。

「お、大人の、あ、味だ」

ツネオがひと口つけて顔をしかめた。だけど、決して不味そうじゃない。

ぼくもひと口飲んだ。何とも言えない苦みが、あっという間に口の中に広がる。

大人はどうして、こんなものが好きなんだろう？　やせ我慢して飲んでいるのかな。それとも、やせ我慢するのが大人なのかな。

風子ちゃんに会いたくなってきた。胸の奥が掻きむしられるみたいに痛い。

「……怒ってるかな」思わず、思っていたことが口を突いて出た。

「誰が？」桃太郎が、間髪を容れずに訊く。

ぼくは答えず、ただ肩をすくめた。

「い、愛《いと》しの、ふ、風子ちゃんだ」ツネオがニヤニヤと笑う。

ニヤけ顔が、桃太郎にも伝染する。「お前、自分の姉ちゃんに恋してんのか？　さすがにそれはヤバいやろ」

ヤバいよ。だから、困ってるんだよ。

「恋なんてするわけないじゃん。血が繋がってるんだぞ」

ぼくは嘘をついた。諦めなくちゃいけないのに、本当はめちゃくちゃ恋をしている。

「ほんじゃあ、何で風子ちゃんが怒ってるかどうか気にすんねん」

「だって、騙し討ちみたいなことをしたからさ……」

桃太郎が、鼻で笑う。「もしかしたら、もう二度と会ってくれへんかもな」

「し、失恋だ。ハ、ハートブレイクだ」ツネオは、まだニヤけている。

「別に会えなくていいよ。元から一人っ子だったんだから」

これも嘘だ。会えないと思えば思うほど、猛烈に会いたくなる。

ぼくは、ブラックの缶コーヒーを一気に飲んだ。

夏の空を夕焼けが赤く染める。このつかの間のひとときを、新淀川の堤防沿いにいる人たちは、みんな楽しんでいるように見える。犬の散歩をする親子、手を繋いで歩くカップル、キャッチボールをする子供たち、ジョギングをする老夫婦……。ぼくの心とは真逆の平和な風景だ。

この堤防沿いを風子ちゃんと歩きたい。手を繋がなくてもいいからさ。

「おい、何やねん、あれ……」桃太郎が、缶コーヒーを手から落とす。

ぼくとツネオは、同時にコーヒーを噴き出した。

新淀川の上流から、明らかに手作りの筏が流れてきた。胡座《あぐら》をかいて腕組みをした男が乗っている。

大阪にはたくさんの人間がいるが、そんな真似をする大人は一人しかいない。

「パパ！　何やってんだよ！」

ぼくは立ち上がり、絶叫した。堤防にいる人たちが、一斉にぼくたち親子に注目する。

「おー。七海」

パパが呑気に手を振った。

「今さらやけど、お前のオトン、ほんまもんのアホやな……」桃太郎が、心の底から呆れた顔をする。

パパはニコニコと上機嫌だ。棒みたいなもので筏を漕いで、こっちへ向かってくる。どこに姿をくらませているかと思ったらこんな登場かよ！

「だから、何やってんだってば！」

「見ればわかるだろ。練習だよ」

「はあ？　何の？」

「アマゾンを下る練習だよ。体が鈍《なま》ってるから鍛え直そうと思ってよ」

風子ちゃんが連れ戻されたことをどう思っているんだろう。さっきまで誘拐を企んでいた人間とは思えない。

堤防のあちこちから失笑が漏れる。ぼくは、恥ずかしさと怒りで耳が熱くなった。

「え、江夏十蔵の、ふ、復活だ」ツネオも立ち上がり、ブルブルと体を震わせる。

パパは、幸せそうに笑っている。「来月、出発するぞ！　どうだ？　七海も一緒に行くか」

「行くわけないだろ！　そんなお金がどこにあるんだよ！」

「スポンサーが見つかったんだよ」

ぼくたちは、顔を見合わせた。とてつもなく、嫌な予感がする。

「衣笠諭吉だよ。十億円くれるんだってさ」

それは、くれるんじゃなくて、身代金だろ！　人質を無事に引き渡すと入るお金だよ！

瞬間、ぼくは目眩がして、堤防から転がり落ちそうになった。雷のように、ある考えが落ちてきたんだ。

——風子ちゃんは、パパに冒険家に戻ってもらうために、わざと誘拐されて人質になったんじゃないか？

理解不能だ。一体、どういうことだ？　たしか、風子ちゃんは、身代金を「日本のために使う」「十蔵君は使わへんで」って言ってたのに……。

「あの顔は本気やで」

宝物を見つけた海賊みたいにギラギラと輝いているパパの顔を、桃太郎が指さした。

「上陸！」

筏を川岸に着けると、パパが河原へと上がってきた。散歩中の犬たちが一斉に、なぜかパパに吠えまくる。

自分を訝《いぶか》る周囲の人たちの視線をまったく気にせず、パパはなだらかな坂を上ってぼくたちに近づいてきた。

「お前たち、こんなところで何をしているんだ？」

「それはこっちの台詞だよ。何やってるんだよ」

「だから、アマゾンに挑戦するための練習だって言ってるだろ」

「アマゾンなんかどうでもいいよ」

「何だと？　アマゾンに謝れ」

みっともない親子喧嘩だ。自分でもわかっている。でも、ぼくの怒りは収まらなかった。

せっかく、パパを守ろうとして、風子ちゃんを衣笠の爺さんに〝売った〟のに。

「誘拐は解決したの、知らへんの？」桃太郎が、顔を引き攣らせる。

「何を言ってるんだ。まだ続行中だ。身代金を受け取るまでが〝誘拐〟だからな」パパが、偉そうに胸を張る。

ぼくは、腹の底から大きな溜め息をついた。内臓が、全部、口から飛び出しそうだ。

「風子ちゃんは、もう衣笠の爺さんのもとに帰ったよ」

「もちろん知ってるよ。すべて見てたからね」パパが、まったくめげずに言った。「おかげで、地下鉄で身代金を受け取る作戦は中止になった」

「どうやって受け取るつもりだったの？　一人で十億円も運べないだろ？」

「台車を使うつもりだった」

「そんな単純な方法で成功すると思ったのかよ」

「業者の格好をするから大丈夫。絶対に成功しただろうな」

「何の業者？」

「売店にジュースを運ぶ卸業者さ。身代金を、ジュースの段ボールにいくつかに分けて入れてもらう予定だった」

「か、完全、は、犯罪だ」ツネオが、バカ正直に感心した顔になる。

「センキュー」パパが得意げにウインクする。

とても完全犯罪とは思えないけれど、パパにしては頭を捻ったほうだと思う。いや、もしかしたら、風子ちゃんのアイデアかもしれない。

「人質がいないんだから、もう誘拐にはならないだろ。いい加減、諦めてよ」

パパが、目を輝かせながら、首を横に振った。「まだ終わってない。勝負はこれからだ。身代金を渡さないなら、もう一回誘拐するまでだ」

「あ、そう」ぼくは、パパに背を向けて、帰ろうとした。

もう嫌だ。こんなふざけた冒険になど付き合いきれない。これ以上、ぼくの夏を無駄に使われてたまるか。

「おい、七海。どこへ行くんだ」

「家に帰るに決まってるだろ」

「ダメだ」パパが、ぼくの腕を摑んで引き戻す。

「ほっといてくれよ！」

「お前まで誘拐されて欲しくない」

「はあ？」

「俺たちの家には、衣笠諭吉の手下たちが張り込んでいる」

パパが真剣な顔で言った。冗談でないのは、声のトーンでわかる。

「どういうこと？」

「あの爺さんは、俺に報復を与えるつもりなんだろう。すでに、マルガリータが拉致された。筏を取りに家に帰ったら、『お前の嫁を預かった』という置き手紙があったんだ」

マルガリータが？　嘘だろ？

頭の上にボウリングの球が落ちてきたような衝撃を受けた。マルガリータの豪快な笑顔が浮かび、次に抑え切れない怒りが湧いてくる。マルガリータが誘拐されたことにはもちろん、こんなときに呑気に筏になんか乗ってるパパにもだ。何か特別な計画でもあるんだろうか？

パパに限って、あるわけない。

「逆に誘拐されてるやん」桃太郎が、顔を真っ赤にして叫んだ。

「め、目には目を、ゆ、誘拐には誘拐を」

ツネオも赤くなって、さらにブルブルと震え、メガネがずり落ちそうだ。

「そのとおりだ」パパが、悔しそうに口の端を歪めた。

「もしかして、衣笠の爺さんから身代金を請求されたの？」ぼくは、パパの手を振り払い、訊いた。

「いや、俺が衣笠の屋敷に行けば、マルガリータは解放される」

「行かなかったら？」

「フィリピンに強制送還するそうだ」

「そんなこと勝手にできるの？」

「衣笠諭吉なら可能だろうな」こんな悔しそうなパパの顔を見るのは初めてだ。

たしかに、衣笠の爺さんなら、あらゆる人脈を持っているだろうし、マルガリータ一人ぐらい、簡単に国外追放するだろう。

こんな卑怯なやり方があるかよ。ぼくの怒りは爆発した。

「マルガリータが可哀想じゃん。何も悪くないのに巻き込まれて」

「だから助けに行く。そして、風子をもう一回誘拐するんだ」パパが、ハリウッド映画に出てくるヒーローのように不敵に笑った。

「はあ？」

ぼくたち三人は、呆れ果てて、ずっこけそうになった。

血は繋がっているけれど、この人の頭の中はまったく理解できない。きっと、一生かかっても無理だと思う。

「七海。お前もついてこい」

「嫌だよ」

「いいのか？　母親が誘拐されてるんだぞ」

「本物の母親じゃないだろ。パパが勝手に連れてきた人じゃないか」

「マルガリータは、お前のことを実の息子のように愛してるんだ」

「知らないよ」

ぼくの母親は、江夏由実一人だけだ。ぼくを捨てて、和菓子屋の男と一緒に住んでいるけれど、母親は母親だ。

頭の中がごちゃごちゃになってきた。パパもママもマルガリータもぼくのことを愛してくれてるのは、わかる。でも、もっと普通に愛して欲しかったよ。

「今はマルガリータがお前の母親だろうが。飯を作ってもらったり洗濯をしてもらってるくせに恩を感じないのかよ」

パパが、またぼくの腕を摑もうとしたから、身をよじってかわした。

「ご飯も洗濯も頼んでないってば。パパが一人で行けばいいだろ」

「何だ、その言い方は？　それでも俺の息子か」

ぼくはすぐに答えることができなかった。目に涙がたまってくる。

泣いてたまるか！

ぼくは、涙を零す代わりに怒鳴った。

「早くアマゾンでもエベレストでもいいから、どこかに消えてよ。パパのせいで、ぼくの人生がめちゃくちゃになるんだ」

「……お前、そんなふうに思ってたのか」

パパが、子犬のように首を傾げ、キョトンとする。その顔が、また憎たらしい。「そんなの考えたこともなかった」というパパの心の声がダダ漏れだ。

「嘘やろ？　今まで気づかなかったんか」

「さ、さすが、せ、世界一、く、空気を読めない男だ」

桃太郎とツネオも呆れ返っている。

ぼくは、夕陽に照らされるパパの顔を見つめて言った。

「マルガリータのことを愛してるの？」

パパが深く頷く。「だから、助けに行く」

「ママのことは？」

数秒間、沈黙したあと、パパが口を開く。「人としては好きだ。でも、もう愛してはいない」

世界で一番、聞きたくなかった言葉だった。

パパとママは、もう元には戻らないんだ。

「どうして？」

「それは、二人の問題だ。お前には関係ない」

「ぼくは息子だろ」

「そうだ」パパが、泣きそうな顔で微笑んだ。「俺とママの宝物だ」

「じゃあ、どうして離婚するんだよ」

また泣きそうになってきたけれど、泣かない。パパの前では、絶対に泣かないと心に決めたんだ。

「一生会えないわけではない。ママとは友達に戻るだけだ」

「意味がわからないよ」

「そのうち、わかる日が来る。近くにいないほうがうまくいく関係もあるってことさ」

パパが、自分に言い聞かせるように言った。

桃太郎が、パパに近づき、思いっきり足を蹴った。「七海が可哀想やと思わへんのか」

「ち、父親、し、失格だ」ツネオも近づき、パパの腹を殴る。

「失格だってことくらい、昔からわかってるよ」

パパは、優しく、二人の頭を撫でた。

桃太郎が、その手を摑んで爪を立てる。「父親らしく生まれ変わる気はないんか」

パパがぼくをジッと見つめた。

「俺に生まれ変わって欲しいか」

ぼくは、答えることができなかった。

パパがまともな人間に生まれ変わるには、冒険をやめなくちゃいけない。冒険家なんて、ずっとやめて欲しいと思ってたけど、なぜか今、その言葉が出なかった。その代わりにぼくは、衣笠から教えられた衝撃の事実をぶつけた。

「冒険中に人を殺したんだろ」

パパが、一瞬、目を見開く。「誰に聞いたんだ」

「衣笠諭吉だよ。本当の話なの？」

「ああ、そうだ」パパが、硬い表情になる。「十二年前にアマゾンを下ったときにな」

頭がクラクラしてきた。うまく息ができない。それでも、ぼくは質問を続けた。

「誰を殺したの」

「相棒だ。本来は二人でアマゾンを下る予定だった。だけど、出発の直前に伝染病になったんだ。でも、スポンサーの関係上、冒険を中止にすることはできなかった。あのとき、強引に中止にすれば、あいつは助かったかもしれない」

「相棒がいたなんて初耳だよ」

「冒険仲間で親友だった。最高の男だった」パパが、見たこともないような悲しい目になった。「俺がアマゾンにこだわるのは、あいつが死んだ場所に戻りたいからだ」

パパがママを結婚式で略奪したのは、そういう事情も絡んでいたのだろうか。親友の死を受け、半ばヤケクソになっていたのかもしれない。

「どうなんだ？　風子は、俺に冒険をして欲しいと言ってくれたぞ」パパが、真剣な顔で訊いた。

「パパはぼくの言うことを聞いてくれるの？」

「ああ。お前の言葉を尊重する」

重苦しい沈黙のあと、ぼくは答えた。

「じゃあ、マルガリータを助けに行かないで」

パパが、目を丸くして、桃太郎の手を剝がす。「何だと？　見捨てろと言うのか」

「助けに行く」

「誰が？」

「ぼくが、マルガリータを助けに行く」

いか。


「本気で言ってんのか？」

「パパは手を出さないで。それともうひとつ。もう風子ちゃんの誘拐は諦めて」

これはぼくの冒険なんだ。ぼくが決着をつける。せっかく、パパを守るために誘拐を終わらせようとしたんだ。衣笠の爺さんのもとにパパが出向いたら、何の意味もなくなるじゃないか。

「……わかった」

パパは背中を丸めて、堤防の砂利道を歩いていった。

パパの姿が見えなくなったあと、桃太郎がぼくの顔をまじまじと見つめて言った。

「七海。一人で行く気なんか？」

ぼくは、素直に首を横に振った。「手伝って欲しいんだ。ぼく一人じゃ戦えない」

「よっしゃ！」

「そ、その言葉を、ま、待ってた」

桃太郎とツネオは、ガッツポーズをしたあと、ハイタッチで手を合わせた。

ぼくには仲間がいる。それがぼくの宝物だ。

友情が永遠だとは限らない。それくらいは知っている。昔、どれだけ仲が良かった友達でも、大人になったら連絡さえ取らなくなる関係もあると思う。でも、将来、桃太郎とツネオの身に何か困った出来事が起きたなら、ぼくは体を張って彼らを助けるだろう。

28

一時間後、京都に着いた。陽は落ち、夜がぼくたちを待っていた。

ＪＲ京都駅からタクシーに乗って、衣笠諭吉の屋敷へと向かった。これで三度目の訪問だから、道はなんとなく覚えていた。

「マルガリータが、衣笠の爺さんの家におらんかったらどうすんねん」

「いや、絶対にいる」

直感だけれど、ぼくはそう思った。衣笠諭吉は小細工をするタイプじゃない。

「マルガリータがおったとして、どうやって助け出すねん。やっぱ警察に相談したほうがええんとちゃうか」

「た、多勢に、ぶ、無勢だ」

大阪では威勢の良かった桃太郎とツネオが、さすがに不安そうになっていた。

「たぶん無駄だよ。衣笠の爺さんには、警察も手出しができない」

「じゃあ、どうすんねん？」桃太郎が、泣きそうになる。「オレたちだけで、あの屋敷に忍び込むんか」

「堂々と玄関から入る」

「し、正面、と、突破だ」ツネオが、ぶるりと武者震いをする。

「メチャクチャな計画やんけ……」

竹林の前で、タクシーを降りた。

ぼくのテンションは最高潮に達していた。体をとりまく空気の流れまで読める。三匹の蚊に、首や腕を嚙まれそうになったけれど、手で追い払って回避した。

「またシェパードのポチがおったらどうする？」桃太郎が、早くもぼくの背中の後ろに隠れる。

「大丈夫。今日はいないよ」ぼくは、確信を持って言った。

シェパードのポチを放しておいたら、パパを嚙み殺すかもしれないからだ（パパのことだから、シェパード一頭ぐらい、逃げ切るだろうけど）。衣笠諭吉の性格からして、自らの手でパパに制裁を加えたいに決まっている。

ぼくの予想どおり、ポチは現れなかった。真っ暗な竹林を抜け、石段へと出る。

「じ、地獄への、か、階段だ」ツネオが、石段を見上げる。

「普通、階段を上った先にあるのは天国やけどな」桃太郎が、重い溜め息を漏らす。

ぼくたちは、無言で階段を上がった。足音もなるべく立てない。

これで、ぼくたちの冒険が終わる。母親気取りのフィリピン人の女の人を助ける皮肉なクライマックスだ。

マルガリータを嫌っているわけではない。ぼくのことは、本当の息子以上に可愛がってくれるし、何より愛嬌があるから、いつも家の中が明るかった。

それに、ママが失踪して、心の底からへこんでいたぼくを、何度もマルガリータは笑わせてくれた。

石段を上り終えたぼくは、大股で衣笠の屋敷の玄関へと向かった。

「速いって、七海。もうちょっとゆっくり歩けって」背後から、桃太郎が小声で言った。

マルガリータが待ってる。一刻も早く、助けに行かなきゃ。

「ま、魔の要塞、み、みたいだ」

ツネオが、闇に包まれた屋敷を見て圧倒されている。

屋敷の印象が、昼間来たときとはかなり違う。月明かりに照らされたプールの水面からは、怪物が顔を出しそうで不気味だ。

「ほんまにヘリコプターがあるやんけ」

「せ、戦車まで、で、出てきそうだ」

こんな相手と戦わなきゃいけないのか……。今さら、事の重大さに胃がキリキリと痛くなってくる。

突然、闇の中から、巨大な影がぬっと現れた。

「出た！」桃太郎が、ぼくの背中にしがみつく。

「君たちだけなのかい」

影の正体は目黒だった。相変わらず、黒いスーツを着て、暑苦しい格好をしている。

「そうだよ。パパは来ない」ぼくは、ずいっと前に出て、背の高い目黒を見上げた。

「どうして？」目黒が、不思議そうに眉をひそめる。首の包帯が痛々しい。

「ぼくに任せてくれたんだ。マルガリータを返してよ」

「江夏十蔵に頼まれたのか」

「違う。ぼくが自ら志願したんだ」

目黒が困ったような顔になる。「まいったなあ」

「は、早く、ボ、ボスのもとに案内しろ」ツネオも前に出て、ぼくの横に並んだ。

「わかった」目黒が、筋肉で隆々《りゅうりゅう》とした肩をすくめた。「君たちの勇気を尊敬する」

今、褒められたのか？

ぼくたちは、ポカンとして顔を見合わせた。もちろん、緊張はしているけれど、何だかくすぐったい気分だ。

目黒に案内されて、屋敷の中に入っていった。灯っているのは間接照明だけで、屋敷の中はやたらと薄暗い。外観と同じで、ここも昼とは全然雰囲気が違う。

「坊主ども、よく来たな。晩飯は食ったか？」

リビングのソファで、上下アディダスの黄色いジャージを着た衣笠の爺さんが待っていた。

「まだや」ぼくより先に桃太郎が答える。

「今からディナーや。お前らも一緒にどうや。風子も返してもらったし、ご馳走するで」

「食べるわけないだろ。マルガリータはどこだよ」ぼくは、怖いのを我慢して、衣笠の爺さんを睨みつけた。

「安心しろ。危害は加えてへん」

風子ちゃんの姿も見えない。マルガリータと一緒の場所に監禁されているのだろうか。

窓もない地下の部屋で、二人がロープに縛られているイメージが頭に浮かぶ。

二人とも、絶対に、ぼくが助ける。

「どれだけ待ってもパパは来ないぞ」ぼくは、腹の底から声を出した。

五感が冴え渡り、衣笠の爺さんの呼吸がわかる。同時に、食欲をそそるいい香りが、どこからか漂ってくる。

「マルガリータを取り返しに来たんか」衣笠の爺さんが、悪役の笑みを浮かべる。「ガキのお前たちがどうやって取り返す？」

「話し合いをする」

そのつもりで、ぼくたちはここに来た。暴力で勝てないのはわかっている。いじめっ子の平田に勝ったように、素直に話すしかない。

それが、ぼくたちの唯一の武器だ。

衣笠諭吉が、豪快に笑った。爺さんとは思えない、逞しい声量だ。

「ほんなら、なおさら晩飯を食わなあかんな」

「食べてやってもええけど、何でやねん」桃太郎が訊いた。

「食事をしているときこそ、人間の本性が出るねん。男と男の話し合いや。腹を割って挑まなあかんやろ」

「望むところや。メニューはなんやねん」

桃太郎が、やる気満々でぼくの前に出る。こいつは、ただ単に腹が減っているのだ。

「桃太郎。勝手に決めるなって」ぼくは、桃太郎の肩を摑んで、強引に下がらせた。

「肉や。分厚いステーキ食わしたろ」

爺のくせに、そんなもの食べて胃がもたれないのかよ。

「ご、ご馳走で、ま、丸め込むつもりか」

ツネオは、桃太郎と違って警戒している。

「まあ、楽しみに待っとけ」

衣笠の爺さんが、また豪快に笑う。まるで、悪代官だ。


ソファに座って待っていると本当に目黒がステーキを運んできた。百科事典みたいな分厚い肉が、鉄板の皿でジュウジュウと音を立てている。

「すっげえ」桃太郎が、涎を垂らさんばかりの顔で目がステーキに釘付《くぎづ》けになる。

「さあ、食え。好きなだけおかわりしてもええぞ」

衣笠の爺さんが、見事なナイフさばきでステーキをカットし、次々と口に放り込んでいく。くちゃくちゃと肉を嚙む音が、リビングに響き渡る。食べ方まで豪快だ。

負けてられるか！

ぼくたちもナイフとフォークを手に取った。使い方がよくわからなかったけれど、衣笠の爺さんの手つきを真似て肉を切った。

香ばしいソースの香りに、唾が湧いてくる。

ぼくは慣れない手つきで、何とかひと口サイズに切ったステーキを食べた。

肉汁が、口の中で爆発した。ニンニクの効いたソースと、肉の甘みが、絶妙なバランスでぼくの味覚を襲う。

「美味《うま》っ」桃太郎が、肉を口に入れたまま硬直する。あまりの衝撃で、ストップモーションになってしまったのか。

「し、至高の、あ、味だ」ツネオが、わなわなと震える。

「何で、このステーキが美味いかわかるか？」衣笠の爺さんが、ガツガツと食べながら訊いてきた。

「どうせ、肉が最高級品なんだろ」

ぼくたち庶民には手が出ない値段だったに決まっている。

「たしかに、ええ肉や。でも、それだけじゃアカンねん。まず肉を食べごろまで熟成させる。ほんで、一番大事なんは焼き加減や。焼くのを失敗したら、せっかくの肉が台なしになってまう」

「何が言いたいんだよ」

ぼくは、ステーキを食べる手を止めて、衣笠の爺さんを睨みつけた（隣の桃太郎は、一心不乱にがっついている）。

「ベストの焼き具合を見分ける目が命や。焼きすぎは話にならへんし、火が通ってないのも旨味が出えへん。ステーキだけやない。人生はタイミングが命やねん。わしのことをコケにした借りは、今ここできっちりと返すで」衣笠の爺さんの目が怒りで燃えている。今にも、炎が飛び出てきそうだ。

「風子ちゃんの誘拐はもう終わったのに？」

おい、七海、考えろ。この男を説得する方法を考えるんだ。そのために、ぼくらはここまでやってきたんだろ。

だけど、そう簡単に〝ラスボス〟は倒せない。

「十蔵君は、まだ終わってないいつもりでおるやろ」

いつの間にか、リビングの入り口に風子ちゃんがいた。その後ろで目黒が困った顔で立っている。

「風子ちゃん！」ぼくは思わず、ソファから立ち上がった。「マルガリータはどこ？　大丈夫なの？」

「心配せんでもええよ。ウチの部屋で爆睡してるから」

「す、睡眠薬を、の、飲ませたのか？　き、鬼畜め！」ツネオが、衣笠の爺さんに人差し指を向けた。

「いや、わしの日本酒コレクションを勝手に飲んで酔っ払ってるだけや。あの女はええ度胸しとる。ただ、能天気なだけなんかもしれんけどな」

違う。マルガリータはパパが必ず助けに来てくれると信じているから、そう見えるだけだ。

「おじいちゃん、どうするん？　十蔵君は絶対にここに来るで。もしかしたら、すでに屋敷に潜入してるかも」

「そのときは、ぼくが風子ちゃんを守ります」

なるべく胸を張り、なるべく堂々と宣言した。恥ずかしさで耳まで熱くなる。なぜか、ツネオまで顔を真っ赤にして照れていた（桃太郎はステーキしか見ていない）。

「坊主のくせに大きく出たな」

衣笠の爺さんが目を細めて威嚇した。気の弱い猫ぐらいならそれだけで失神しそうな眼力だ。

負けてたまるか！

ぼくは下腹に力を入れて、衣笠の爺さんを見下ろした。

「衣笠さんは博打打ちなんですよね。ぼくと勝負してください」

「ほう」衣笠の爺さんの目が糸のように細くなる。「わしと博打やるんかい」

「ぼくが勝ったらマルガリータを連れて帰ります」

「わしが勝ったら？」

「パパを好きにしてください」

「足らへんな。元からその予定や」

「わかりました。ぼくが一生、あなたの奴隷になります」

「奴隷って」風子ちゃんが呆れて笑う。「まんま、ガキの発想やん」

「よっしゃ、その博打に乗ったで」

衣笠の爺さんが嬉しそうに笑った。

「何言ってんのよ、おじいちゃん。奴隷なんかになるわけないやん」

「風子。わしはこの坊主と男の勝負をやるんや。歳や立場も関係あらへん」

「坊主ではありません。七海です」

「七海。何の博打をやりたいねん。トランプでもサイコロでも受けたるで」

今度は衣笠の爺さんが立ち上がり、逆にぼくを見下ろした。

「ぼくが決めてもいいんですか」

「せめてものハンデや」

リビングにいる全員が、ぼくと衣笠の爺さんのやり取りを息を呑んで見ている。さすがの桃太郎もステーキを食べる手を止めた。

「かくれんぼです」

「あん？」

「風子ちゃんの言うように、パパはすでにこの屋敷のどこかにいるはずです」

ぼくたちの体の中にある、世界一、諦めの悪い男のＤＮＡがそう語っている。パパの血を引いた者だけの直感だ。

「七海が見つけるっていうんか」

「目黒さんが取り押さえてくれれば、風子ちゃんを誘拐できません」

「自分の父親を売るんか」

「売りません。パパも連れて行きます。家族三人で家に帰ります」

世界で一番嫌いなパパだけど、死なれるのは困る。もしそんなことになったら、ママに捨てられたぼくは誰に頼って生きていけばいいんだ。この間までは、家出をして、一人で生きていこうと思っていた。でも、今は違う。

この冒険で、明確にわかったことがある。

人間は、絶対に一人じゃ生きていけない。家族や仲間と、泣いたり笑ったり喧嘩したり嘘をつき合ったり信頼したり愛し合ったりするために生きているんだ。

小学五年生のぼくが言うのもなんだけど、人生は辛い。だって、人生には、宝物のありかを示してくれる地図なんてないんだもん。

だから、困る。だから、悩む。

みんな、自分にとっての宝物が何か、どこにあるのか、闇雲に探している。そして、まったく見つかる気配がないから絶望している。

だけどね、違うんだ。探す必要なんてないんだ。わざわざ冒険なんかしなくたって、大切な宝物はすぐ側にある。みんな、最初から素敵な宝物を持っているんだ。ただ、それに気づかなかったり、気づかないふりをしているだけなんだ。

誰よりもムカつくし、軽蔑しているし、大嫌い。だけど……。

認めるよ。パパはぼくの宝物だ。

「えらい都合のええ条件やのう」

衣笠の爺さんが首をコキリと鳴らした。怒ってるわけではない。博打打ちとして本気になったのだ。

「負けるのが怖いんですか」

「わかった。その条件を呑んだろ」

「ありがとうございます」

「七海。わしはこの歳やから、お前が奴隷になったところで、そんなに楽しめへんのはわかるやろ。だから、わしが勝ったときの条件を変えさせてもらうで」

「……何ですか」

「お前に取っての一番の宝を奪う」

衣笠の爺さんが、桃太郎とツネオを見た。

「オレらのこと？」

「デ、デンジャラスな、か、香りがする」

二人が不安げな顔でぼくを見る。

「七海。どれだけ成功しても、どれだけ金を持っててても手に入らへんもんがある。それが何かわかるな」

「友達ですね」

ぼくは、胸が張り裂けそうになりながら即答した。

「そうや。今の七海にとっての一番の宝は、こうやってお前のために体を張ってくれる親友や。わしに負けたとき、それを捨てる根性はあるか」

「捨てるって……どうやるんですか」

「二度と口をきかへん。会っても無視するんや。もちろん、メールやらで連絡を取ることも許さん」

衣笠の非情な条件に、リビングが静まり返った。

「酷い。酷すぎるわ」風子ちゃんが吐き捨てるように言った。

「七海。これが勝負や。自信がないんやったら今すぐ帰れ」

衣笠の目は真剣だ。ぼくをガキではなく、一人の男として見てくれている。

でも、ぼくは答えることができなかった。歯を食いしばり、強く握る拳の中で爪が肉に深く食い込む。

「七海は逃げへん。その勝負を受けたる！」

「せ、正義は、か、勝つ」

桃太郎とツネオが立ち上がり、ぼくを挟んで衣笠の爺さんを睨みつけた。

言葉にできない何かが、物凄いスピードで全身を駆け巡る。

たとえどうなっても、ぼくはこの夜の二人を死ぬまで忘れることはないだろう。

「七海。わしと勝負するんか。せえへんのか。はっきりせい」

「やります」

ぼくは力強く言った。

「みんな、アホや」

風子ちゃんが泣きそうな顔で呟く。

目黒は無表情だけど、衣笠の爺さんではなく、ぼくを見て軽く頷いた。

「さあ、十蔵はどこに隠れてる？」

「一分ください」

ぼくは目を閉じ、静かに息を吐いた。

生まれて二回目のパパとのかくれんぼだ。あのときは、パパを見つけることができなかった。リベンジがこんな形でやってくるなんて……。

集中しろ。ぼくはパパだ。パパならどこに隠れる？

隠れているだけじゃだめだ。この山の中から、風子とマルガリータを連れて逃げなくてはいけない。石段という難関もある。いくらパパでも不可能だ。

違うだろ！　江夏十蔵の辞書に不可能という文字はないんだ。

目黒を振り切り、石段を飛び越える手段がひとつだけある。

「ヘリコプターです」

ぼくは目を開き、庭を指した。

「目黒、行け」

衣笠の爺さんの合図と同時に、目黒がリビングの窓を開け弾丸のように飛び出した。

「十蔵君に乱暴したらあかん！」風子ちゃんが目黒のあとを追う。

「ヘリに十蔵がおったら七海の勝ちや」衣笠の爺さんがガキ大将みたいに笑って胸を押さえ

た。「久しぶりにドキドキしたで」

「オレらも見に行こうぜ！」

桃太郎がぼくの腕を引いて、庭に出た。

29

ぼくたちは、屋敷を飛び出し、風子ちゃんを追いかけた。靴も履かずに、裸足で走る。

風子ちゃんは、ダッシュでプールサイドを横切っている。ぼくがひと目惚れした体育祭の写真と同じ、豪快なフォームだ。驚いたことに風子ちゃんが目黒に追いついた。

びっくりするほど速い。志村さんはサッカー選手にしたがってるけど、陸上選手でも世界に通用すると思う。オリンピックで金メダルも夢じゃない。風子ちゃんの背中には、そう感じさせる何かがある。

夜の竹林の静けさを、突如、轟音《ごうおん》が破った。ヘリコプターのエンジン音だ。プールの向こうで、ローターが回っているのが見える。

勝った！　やっぱり、ヘリコプターだった！

予想が的中したとはいえ、度肝を抜かれた。この冒険では、色んな出来事に散々驚かされてきたけれど、いくらなんでもヘリコプターで逃亡するのはやり過ぎだ。

パパ、ここまでダイナミックにしなくたっていいじゃん！

この冒険がはじまる直前、パパは新淀川の堤防で、ツネオの作った改造自転車で飛べなかった。〝鳥人間〟になれなかったリベンジのつもりなのかもしれないが、それを他人のヘリコプターで強引に成し遂げるのがパパらしい。

て、いうか免許は？　パパの口から、筏やカヌーや犬ゾリに乗った話は聞いたけれど、ヘリコプターは聞いていない。もし操縦できるのなら、とっくの昔に自慢しているはずだけど……。でもたしか、初めてここに来たとき「俺も昔はヘリコプターで……」と言いかけていた。

いや、そんなことより墜落したらどうすんだよ。

危ない！

いきなり、目黒に向かって、斜め後ろから、風子ちゃんが体当たりした。バランスを崩した目黒がプールに落ちる。

マジかよ……。

風子ちゃんが、プールサイドの端から庭に飛び降りる。ヘリコプターのドアが開いた。

運転席には、間抜けな笑顔で手を振っているパパが見える。ぼくたちに向かってピースサインをした。

　このままでは風子ちゃんが、誘拐されてしまう。いや、てか、風子ちゃん自身が逃げる気満々だ。マルガリータはまだ部屋の中にいるはずだが、正義感の強い風子ちゃんがマルガリータを危険な状態で置いていくはずはないから、ひとまずここはマルガリータは大丈夫なはずだ。今は、風子ちゃんを止めるのが先決だ！

「やめろおおお！」

　ぼくは、喉がちぎれるぐらい絶叫した。だが、パパに届くわけがない。

　ヘリコプターのローター音が、さらに激しくなる。飛び立つ寸前だ。竹林がざわざわと騒ぎだす。

　風子ちゃんが、ヘリコプターに軽々と乗り込んでドアを閉めた。明らかに、乗り慣れている仕草だ。まだ中学生のくせに、ヘリコプターに乗ったことがあるんだろうか。マイカーもないぼくの家とは大違いだ。まるで、凄腕の女スパイみたいだ。

「あかん、逃げられる」

　桃太郎が芝生の上で走るのをやめた。お腹を押さえてしゃがみ込み、オエオエと嘔吐《えず》いて、さっき食べたばかりのステーキを今にも戻しそうだ。

　ぼくは、諦めない。諦めてたまるか。宝物は、一度失ったら、二度と手に入れることはできないんだ。

小学五年生が生意気だけど言わせてもらう。人生というのは、宝物を探す旅じゃない。失くさないように必死で守る日々を重ねることだ。

体が熱くなり、脳みそが沸騰する。

音が消えた。

飛び立とうとしているヘリコプターのローターの動きが、ゆっくりとスローモーションになった。時間がぼくのものになっている。

よし。パパ譲りの無敵モードだ。

すげえ。ぼくの視野、めちゃくちゃ広くなってないか。三百六十度、景色が見える。夜だというのに、竹林の葉っぱの一枚一枚までがくっきりと確認できる。人生最高の無敵モードだよ。

聞こえてくるのは、ぼくの心臓の鼓動だけだ。ゆっくりと心地よいリズムで刻むその音は、ぼくに何でもできると思わせる勇気を与えてくれる。

ヘリコプターまで、目測で二十歩。言うまでもなく、ギリギリの勝負だ。大きく腕を振れ。限界まで脚を広げろ。
一、二、三、四、五歩。地面を蹴り、風を切る。

六、七、八、九、十歩。空気の流れが変わった。ローターが、強い向かい風を巻き起こしている。

十一、十二、十三、十四、十五歩。とうとう、ヘリコプターの機体がふわりと浮き上がった。

信じられない。免許がないはずなのにちゃんとヘリコプターを飛ばしている。それとも、ヘリコプターの操縦って、素人でも飛ばせるくらい簡単なのか？

パパのことだから、こっそり免許を取っていたのかもしれない。いや、パパはそんなまっとうなことはしない。「エベレストのような高い山を登るときは、ヘリコプターが救助のために常に待機してるんだ」ってパパから聞かされたことがある。もしかしたら、器用に知識だけは詰め込んで、いつ何があってもいいように訓練していたのかもしれない。

充分にありうる。普段のパパは、ナマケモノが引くぐらいとんでもないぐうたら野郎なくせに、いざ冒険となればどんな努力や準備も惜しまない。そして、生きることへの執着心がスゴい。ヘリコプターの操縦マニュアルを覚えるぐらい、らくらくやってのけるはずだ。

その情熱の十分の一でも家族サービスに注いで欲しいんだけど。ちなみに、自転車の運転は、パパが面倒臭がって教えてくれなかったから、結局ぼくは、傷だらけになりながら独学でマスターしたんだ。

この状況で、パパの愚痴を零してもしょうがないか。ここからが勝負だ。

いくぜ！

ぼくは、ヘリコプターについているソリみたいな形の脚に狙いを定めた。飛びついてやる。逃してたまるもんか。自分の冒険を家族にハチャメチャにされる気分を思い知れ。

この冒険の決着は、もうすぐつく。たとえ、今日はぼくが負けたとしても、親子の戦いは終わらない。いつかコテンパンにパパをやっつけるまで、ぼくは勝負を挑み続ける。それが息子の使命なんだ。

でも、もしかしたら、死ぬかも……。絶対、ヤフー！のトップニュースになるよね。《小学生、父親が操縦するヘリコプターから落ちる》って記事になるのかな。もしくは、《小学生、飛び立つヘリコプターにしがみついたが、落下。死亡》とか？　どちらにせよ、あまりカッコいいものじゃない。

だけど、それでも恐怖心は湧いてこなかった。無敵モードになると通常よりも穏やかになるものなんだな。燃えるほど熱かった脳みそもスローモーションになってからクールに冴え渡っている。だからこそ、危険をかえりみず、大胆に動けるんだ。

桃太郎、ツネオ、見ててくれよ。お前らのためにも絶対に生還して……あれ？　ツネオはどこだ？

庭に出ているのは桃太郎だけだ。ぼくはヘリコプターに飛びつくのをやめて振り返り、屋敷に目を凝らした。

窓のところで、ツネオがテンパった顔で飛び跳ねながら手を振っている。リビングで倒れている衣笠の爺さんの脚が見えた。

そういえば、さっき、ドキドキすると胸を押さえていた……。

ヤバい！

ぼくは踵を返し、プールへ走った。

「目黒さん！　衣笠さんが倒れてます！」

ちょうど、プールサイドに這い上がったばかりの目黒が、青ざめた顔で屋敷に向かって芝生を駆ける。

パパ！　戻ってきて！　ヘリコプターなら、病院に運べる！

しかし、ヘリコプターは高度を上げ、今にも夜空の彼方へ消えそうだ。

「ツネオ！　リュックだ！」

たぶん、ぼくの声は聞こえていなかったと思う。

でも、親友たちは、ぼくが何をしたいか一瞬で理解してくれた。

ツネオが発明品のリュックサックを投げ、桃太郎がキャッチし、その勢いのままぼくにパスした。

芝生に滑り込みながらリュックサックを受け取ったぼくは慌ててあれを取り出した。使い道がまったくなかった『火の玉ボール』だ。

かくれんぼだけじゃなく、パパとはキャッチボールもしたことがなかった。こんな状況なのに、笑ってしまう。

あと、夏祭りの花火大会にも連れて行ってくれなかった。

「花火は嫌いだ。人が多い場所は窒息しそうになる。俺は孤独を愛してるからな」

息子に言う台詞かよ！

ぼくは『火の玉ボール』の紐を抜き、夜空に向かって力いっぱい投げた。

夕方に夕立があったからか、やけに夜空が透き通っていた。夏の星座（たぶん、天秤座だ）が、バカなぼくを見下ろしている。いや、〝ぼくたちを〟か。いい大人たちと、パワーを持て余した子供たちが、大阪と京都と神戸を走り回った結果がこれだもん。泣きたくなってきたよ、マジで。

爆発音とともに、『火の玉ボール』が炸裂した。パパの嫌いな花火が、ヘリコプターの真下で色とりどりに咲いた。

パパならきっと戻ってきてくれる。

プールの水面が花火を反射してキラキラと宝石箱みたいに光った。

30

「じゃあ、自己紹介をしようか」

志村さんが、ぼくの背中を押した。

気持ちのいい快晴の午後。太陽が眩しくて、つい目を細めてしまう。

あの冒険から一カ月後。ぼくの家にいきなり志村さんが現れた。「サッカーをやらないか」とスカウトされて、半ば強引に車に乗せられて、高槻市にあるサッカーコートに連れてこられた。

集まったバンビーナFC高槻のメンバーが、ジロジロと物珍しそうに見てくる。ぼくと同い年ぐらいの少年少女もいれば、中学生のお兄さんお姉さんもいた。みんな、真っ黒に日に焼けて顔つきも鋭く、とんでもなくサッカーが上手そうだ。

……超初心者のぼくなんてお呼びじゃないよね。

志村さんに無理やり着せられた黄色のユニフォームもぼくにはまったく似合ってないし。

早くも靴擦れして踵が痛いし。

やっぱり入団を断ろうと思った瞬間、メンバーの輪の中から声が上がった。

「この子、天才やから期待してもええよ。たぶん、才能だけやったらウチと同じぐらいやと思うけど、根性はこの中の誰よりもあるわ」

風子……姉ちゃんだ。ユニフォーム姿も抜群に可愛いけど、もう、ぼくに恋愛感情は残っていない。あの夜、そんな気持ちは花火の下に捨ててきた。今は、同じ屋根の下に住む家族なんだから。


風子ちゃんは、京都の大豪邸から、世界中のガラクタで溢れかえっている小さくて古いアパートに引っ越してきた。

衣笠の爺さんと実の母親と喧嘩をして、家出してきたらしい。「しばらく、この家でお世話になるで。狭いけどレトロでええ感じじゃやん」とお気楽なものだ。マルガリータは、「ラッキーや。娘ができたで」と大喜びだったけど、ぼくは複雑な心境だった。

ちなみに、あれから大変だった。ヘリコプターを飛ばすには国土交通省への届け出が必要だったんだって。パパは大目玉をくらったが、衣笠諭吉の〝裏の力〟が働いたのか、なんなく収まった。

「だって、この子、アクションスターみたいにヘリコプターに飛び乗ろうとしたんやで」

風子ちゃんの発言にメンバーがざわつく。早くもぼくを尊敬の目で見る子までいた。将来のなでしこジャパンを背負って立つ風子ちゃんがそう言うならば、みんな納得せざるをえない感じなのだろう。

姉ちゃん、ハードル上げんなよな。プレッシャーで、お腹が痛いよ。

「江夏七海です。小学五年生です。サッカーはやったことないけど、みんなの足を引っ張らないように精一杯努力しますので、お手柔らかにお願いします」ぼくは、なるべく礼儀正しくペコリと頭を下げた。

「おっさんみたいな挨拶やな」

さっそく、風子ちゃんが笑顔でからかってくる。他のメンバーたちもクスクスと笑いだした。風子ちゃんだって、このチームに入ったばかりなのに、さっそくリーダーの風格を醸し出していた。

まあ、ウケたからよしとしよう。ただ、これから風子ちゃんのイジられ役になりそうで、ちょっぴり不安だ。

「じゃあ、さっそく練習だ。まずは三対三、フリーマンを二人でいくぞ」志村さんが手を叩きながら、ハキハキとした声で指示を出す。「八人のチームに分かれろよ。ポゼッションとボールキープを意識しろよ。男女混合だぞ。男子だけで固まるな」

意味不明な単語が並んで早くも混乱してきた。フリーマンって何？　映画俳優のモーガン・フリーマンなら知ってるけど……。

「はい！」

メンバー全員が元気よく答え、弾けるようにコートへと散っていった。風子ちゃんは、違和感なくすでにチームに溶け込んでいる。

「バルサの定番練習だよ。みんなの動き見てたらすぐにわかるよ」

茫然と立ち尽くしているぼくに、そばかすが目立つポニーテールの女の子が話しかけてきた。他の子と違って、色が白く、小柄で子鹿みたいな顔をしている。お姉ちゃんとは、また違ったタイプの子だ。ぼくと同じ学年ぐらいかなと思ったけど、おっぱいがデカいのでたぶん中学生だ。

「ありがとうございます。これからもご指導お願いします」

ぼくは、またバカ丁寧に頭を下げた。先輩後輩の関係はしっかりとしなければならない。

こういうのは最初が肝心だ。

子鹿ちゃんが、うふふと笑う。

「わたし、志村香乃《かの》っていうの。ポジションはサイドバック。両サイドできるからよろしくね。あと、たまにキーパーもやるよ」

「えっ？　志村？」

「このたびは父さんがお世話になりました」香乃ちゃんが、ぼくの真似をしてペコリと頭を下げる。「風子ちゃんがチームに入ってくれて、父さんすごく喜んでるよ。『全国制覇も夢じゃない』って鼻息が荒いんだから」

「こらっ。さっさと練習しろ」

ジャージ姿の志村さんが怒鳴る。あの冒険のあとに退院したばかりだけど、すっかり元気そうだ。

「はーい」

香乃ちゃんが肩をすくめて、ペロリと舌を出す。いちいち仕草が可愛らしい。こんな華奢《きゃしゃ》な体で（オッパイは大きいけど）、本当にサッカーをやれるのだろうか。

ぼくは、香乃ちゃんのあとを追って走りだした。

「七海！　カッコええがな！　アイラブユーやで！」

スタンドでマルガリータが、嬉しそうに飛び跳ねながら手を振っている。他の保護者の方々がどん引きしてるのがここからでもわかった。

まだ、何もしてないってば……。

それに、頼むから、チューブトップとピチピチのホットパンツだけという露出が多過ぎる格好で、応援に来ないで欲しい。そうそう、衣笠の爺さんの屋敷で酔っ払って寝ていたマルガリータに、パパが「誘拐犯から助けに来たぞ」と言ったとき、「うん。あのおじいさん、確かにユカイだったよ」と笑って返したらしい。

桃太郎とツネオも応援に駆けつける気満々だったのだけれど、「今はやめてくれよ」と断った。親友に無様な姿は見せられない。バリバリに上手くなってレギュラーをもぎ取ってから、試合のときに来てもらう。

「パパも天国から応援してるでぇ！」

おいおい、誤解招くことを叫ばないでよ、マルガリータ。たしかに、パパにとったら天国かもしれないけどね。

なぜか、パパは衣笠諭吉に気に入られた。

「どこに行きたいねん」

衣笠の爺さんは、病院のベッドで無表情のままパパに訊いた。

「できれば今すぐ家に帰りたいんだけど……」

パパは苦笑いを浮かべ、衣笠の爺さんとびしょ濡れの目黒を交互に見た。

「そんなちっこい話してるんちゃうねん。冒険の話や。一回しか訊かへんぞ」衣笠の爺さんが、例の鋭い眼光でパパを睨みつける。「どこに行きたいねん」

「アマゾンかな」パパが即答する。「いや、南極で新しく発見されたピラミッドを見に行きたいなあ。あと、メキシコの世界最大級の縦穴洞窟のゴロンドリナス洞窟も行きたい。あまりにも深いからパラシュートで飛び降りるんだって」

「多いわ。どれかひとつに絞らんかい」

「じゃあ、アマゾンで」

衣笠の爺さんが、ベッドの横で心配そうに付き添っていた風子ちゃんを見た。風子ちゃんも真剣な目で見返す。

「この男が冒険することに、意味があると思ってるんか」

風子ちゃんが、コクリと頷いた。

「十蔵君なら、この暗い世の中を明るくできる」

衣笠の爺さんの毛虫眉毛がピクリと動いた。「根拠は?」

「だって、アホやもん。それも底抜けのアホ。こんな時代に、絶対に必要な人間やと思うねん」

ぼくもパパのことは限界知らずのアホだと思うけど、世の中の人が求めてるかどうかは疑問だ。他人から見れば面白い人であればあるほど、家族は大変だと思う。

「わしが死にものぐるいで稼いできた金を、なんで、こんなアホにやらなアカンねん。もっと、納得できる説明をしてみせろ」

「ヒーローがおらへんねん」風子ちゃんは、背筋をシャンと伸ばし、堂々とした声で言った。「世の中の人たちはみんな、すごいスピードで変わっていく時代についていけなくて、しんどくなってるやろ。だからや。だから、どんな状況でもへこたれへんくて、どんな悪条件な冒険でも立ち向かっていく精神力を持った、新しいヒーローが待ち望まれてるんよ」

「このアホが、その新しいヒーローっていうんか」

風子ちゃんが、自信満々で頷いた。「うん。最低やけど、最高のヒーローや」

「オレもそう思うで！」桃太郎が、唾を撒き散らしながら助け舟を出す。「十歳はアホやけど、どんなときも明るいし、アホすぎるから見ていて飽きへんし、こんなアホな大人がいるなら自分の将来も大丈夫やって安心できるもん。なあ、ツネオ」

「う、うん。じ、自信を持って、い、生きていける」

おい、桃太郎。全然、フォローになってないぞ。

「必ず、ヒーローになりますんで、十億円ください」パパが、珍しく頭を下げた。

衣笠の爺さんが苦笑した。「アホ。高すぎるわ。孫を誘拐した人間が吐く台詞とちゃうやろ。鼻を折るぞ。わしがなんで天狗と呼ばれてるか思い知らせたろか。わしは自分より鼻の高くなった奴が許せんのや。これまでポキポキ折ってきたんや。鼻だけじゃないで。色んなところも折ってきた」

「すいません」思わず、ぼくが謝った。

「お前はどうや」衣笠の爺さんが、ぼくに訊いた。「この男は新時代のヒーローになれる器やと思うか」

「わかりません」ぼくは正直に答えた。「でも、ぼくにとってはずっとヒーローです。史上最低で、めちゃくちゃカッコ悪いヒーローです」

パパはパパなりの方法でぼくを愛してくれている。それに気づけたのが、しんどかった冒険を乗り越えた成果だ。

衣笠の爺さんが、深い溜め息を漏らしながら頷いた。怒りを必死で堪《こら》えているのがわかる。

「風子、お前も約束しろ」

「何をよ」風子ちゃんが眉をひそめる。

「日本国民の全員に希望を与えるヒーローになれ」

「ウチ、女やからヒロインちゃうの？」

「屁理屈はええねん。約束できるか」

「どうやってなればええんよ」

「サッカーをやれ。目黒と一緒に入院しとった志村って男にスカウトされたんやろ」

「あのしつこい人？」

　風子ちゃんが、露骨に嫌そうな顔をする。どうやら志村さんは、ぼくたちと会う前に、何度も風子ちゃんにアタックしていたようだ。

「サッカーのことをわしは何も知らん。だが、お前に、神から与えられた才能があるんやったら、人々に還元せな罰が当たるんや」

「それが、条件なん？」風子ちゃんが、横目でパパを見る。

「そうや。お前が本気で何かに打ち込むんやったら、この男の冒険のスポンサーになったる」

　風子ちゃんは、大きく息を吐き、窓から夜空に輝く星を眺めた。

「ほんじゃあ、世界一になろうかな」

　さすが、パパの娘だ。発言のスケールが違う。

「お前は絶対に冒険を成功させろ。失敗したらわしが殺すからな」

　衣笠の爺さんの脅しに、パパがヘラヘラ笑う。

「れ、歴史が動いた瞬間を、も、目撃している」ツネオが、興奮して鼻の穴を膨らませる。

いですか」
「あの……」桃太郎が、おずおずと手を挙げ言った。「お腹、ペコペコなんで出前頼んでい

これが、ぼくのひと夏の冒険譚だ。ハッピーエンドかどうなのか微妙なとこだけど、許してよね。他人の幸せは、傍から見ててもわかんないものだからね。大金をいくら稼いでいても満たされない人もいれば、牛丼の上にたっぷりと紅しょうがを載せただけで最高の気分になれる人もいる。

人のことよりもまず自分だ。幸せになろうよ。せっかく人生の大冒険に出てるんだからさ。楽しまなきゃ損だと思わない？

長い時間、ぼくの愚痴に付き合ってくれてありがとう。

えっ？　ママとはどうなったかって？

あれから会ってないけど、手紙は来たよ。来年の春、和菓子屋の男の人と結婚するんだってさ。ぼくとパパとマルガリータに、結婚式に来て欲しいって書いてあったよ。

ぼくはいいけど、パパが不安だな。アマゾン帰りのテンションで、またママを略奪したらどうしようかと思ってるんだけど……。

そんなことするわけないだろって？

だって、江夏十蔵だよ。何をしでかすか予想できないよ。

パパは茨木市のあの和菓子屋に風子ちゃんを連れていき、「娘ができたぞ」とわざわざ宣言したらしい。和菓子屋の男の人も度肝を抜かれたことだろう。

ちなみに、パパがヘリコプターを操縦できるようになったのは、アフリカのケニアだったという。キリマンジャロに登る前に、ジャングルをヘリコプターで越えるんだけど、飛行中にパイロットが機内に忍び込んでいた毒蛇に嚙まれたんだって。意識が朦朧としているパイロットに操縦を教わったみたいだ。そのときに味を占めたパパは、ヘリコプターを操縦したいがために、昔付き合いのあった番組プロデューサーに「ヘリの免許がある」と嘘をついて、カメラマンやディレクターも乗せて平気な顔して飛んだらしい。

やっぱり、ぼくのパパは史上最低の冒険家だ。

サッカーボールが、ぼくの足元に転がってきたから、そろそろ終わりにするね。みんなが注目しているし、ここは一発、ロングシュートを決めてやる。

集中。脳みそよ、熱くなれ。無敵モードだ。

風がゆっくりと流れて、ぼくの頰を撫でる。風子ちゃんが腕組みをして、「お手並み拝見」って顔でこっちを見ている。弾丸シュートで驚かしてやる。どんな顔をするか楽しみだ。

気持ちのいい芝生の感触を左足の裏で感じながら、ぼくは右脚を振り上げた。

地球の裏まで届け。アマゾンで筏を漕ぎながら得意げになっているパパの後頭部に当たればいいのに。

ジャストミート。ぼくの右足の甲に弾き飛ばされたサッカーボールは、空高く舞い上がり、太陽と重なった。

解　説

浅野智哉

いつの間に、誰の求めで調べているのか知らないが、毎年「理想のお父さん」ランキングなるものが発表されている。ここ数年、上位を占めているのは所ジョージ、福山雅治、つるの剛士、関根勤……など好感度の高いおじさん芸能人だ。彼らの「仕事にかまけず、多趣味で子ども心を忘れていない感じが素敵」「おしゃべりが面白い」「子どもの話を聞いてくれそう」「単純にハンサム」というイメージが、支持の理由らしい。

その意見に添うならば、江夏十蔵は現代の理想の父親像のカタマリと言えるのではないか。職業、冒険家。大胆な行動力と端整なルックス（ジョニー・デップ似らしい）で、かつてはメディアでもて囃《はや》された人気者だった。若い頃はアマゾンのジャングルや、キリマンジャロなど世界の高峰を踏破し、危険動物や先住民からの襲撃をくぐり抜けた。毎日が命の修羅場。ひとり『世界の果てまでイッテQ！』状態の半生は、仰天エピソードの宝庫だろう。

十蔵は有名女優と遊んだり、女遍歴も華麗だった。最初の妻は略奪結婚だ。冒険から退いた後も、彼の破天荒は止まらない。息子の七海とのかくれんぼでは瀬戸内海の離島に隠れたり、キャンプのカレーに肉を足そうと、子鹿を捕まえてサクサク捌《さば》いた。無職で家でブラブラしているが、新しい母親である爆乳の元フィリピン人ダンサーとともに、七海を溺愛している。参観日には、教室で目立ちたくなくて手を挙げない七海に対し、「雪山で雪崩に襲われたらどうする？　それでも動こうとしないのか」「寝たふりをしても熊には通用しないんだぞ」と激励する。

最高だ。最高に面白い父親だ。誰だって、こんな父親は羨ましいと思う。もし実在したら、先の「理想のお父さん」ランキングでの殿堂入りは堅い。

しかし、大事なことがひとつ。他人だから、理想的に見えるのだ。面白くて魅力的な人物というのは、離れたところで見ているから、笑っていられる。もしどこかに十蔵のまんまの父親がいたら、実の息子はどうだろうか。

嫌で嫌で、しょうがないだろう。

特に男子の場合、自分より人間的モテ値の高い父親を持つと、頭の偏差値以上に、コンプレックスと嫌悪感が高くなる傾向がある。

「子ども心を忘れない」「型破りで破天荒な父親」が魅力的に映るのは、家一軒以上離れた距離から見た場合のみだ。私の小学生時代、近所の主婦を食い散らかし、妻にバットで追い回され、軽トラで池に突っこみ重傷。そのあと借金で飛び、二年後になぜかエクアドルで少年野球のコーチをしていた、友だちの親父がいた。私は「めっちゃ面白い親父だ！」と爆笑したが、友だちは「あんな親父、死んだらええねん」と思い詰めた顔で言い捨てた。さらにこみあげる笑いを必死で押さえこんだ記憶がある。

十蔵はキャラクターとしては満点だ。

しかし社会的な父親としての評価は、0点に近い。

そもそも息子の合意なしに、母親を若い女に入れ替えてしまった時点で、尊敬を得るのは相当に難しいだろう。

ぶっ飛んだ行動は他人を喜ばせるけれど、身内は悲しませるという、絶対のメカニズムが世の中には存在する。七海が父親を毛嫌いするのは無理もない。逆に七海は、よくグレもせず耐えている方だ。

しかし毛嫌いしてはいるけれど、憎んでいるわけではない。

むしろ心の底では好きだ。

いい父親の最大の要件である、わが子を全肯定する度量と、わが子の幸福を誰より願う気持ちを満たしているからだ。

本作は、嫌いだけど大好きなんだという、息子のややこしい心情を見事にとらえている。そして父子のバディドラマ好きには、ぐっとくる物語だ。

『きみはぼくの宝物　史上最悪の夏休み』は、木下半太氏の2013年の単行本『宝探しトラジェディー』を加筆した改訂版だ。

「悪夢」シリーズや「赤羽健吾」シリーズで支持された、エロ・グロ・猟奇・人間の暗部を凝縮した半太ワールドからうって変わり、ピュアな少年たちのポジティブな冒険を描いた、読後感の爽やかな小説に仕上がっている。これはこれで素晴らしいと、熱狂的な半太ファンからのウケも良い。半太ワールドの白バージョンの名作として評価されている。

毒気は抑え気味ながらも、バットを振り切ったジェットコースター展開は従来どおり。大幅にディテールを書き加えられた改訂版では、そのドライブ感はより増している。

舞台は大阪の中之島。主人公は父・十蔵に悩まされている十一歳の少年・七海だ。

人間台風のように周りを巻きこんで騒動を起こす十蔵の存在や、「日本一可愛げのない十一歳」などと自称するあたり、関西人の魂の名作アニメ『じゃりん子チエ』へのオマージュが下地になっていると想像される。

あるとき十蔵は、京都の超セレブな謎の老人・衣笠諭吉から家出した十四歳の孫娘・風子を連れ戻してほしいと依頼される。風子は十蔵が過去に遊んだ女性との間に生まれた娘だった。七海にとっては姉となる。割とあっさり風子は見つけ出されるが、なぜか十蔵は風子を誘拐。諭吉に十億円の身代金を要求する。

激怒した衣笠は七海を呼び出し、十蔵と風子を捕まえてこいと命じる。さもなければ共犯者として、警察に突き出すという。七海は手がかりなしで、行方をくらました父と姉を捜さなくてはいけなくなってしまった。こうして小学五年生の「史上最悪の夏休み」が始まった――というのが物語の前半だ。

主人公を、あれよあれよとのっぴきならない状況に引きずりこむ、半太氏の展開力はさすがだ。よくも次から次へ思いつくなと感心するほど、絶妙なトラブルが読者の息つく間もなく畳みかけられる。悪の黒幕的な存在ながら、子どもたち（義理の息子になりかけただろう十蔵も含め）の冒険のプロデュースを楽しんでいる風の衣笠、衣笠の忠実で屈強な鉄仮面ボディガードの目黒、風子をスカウトする目的で七海たちの仲間となった志村さん、スポーツ万能なツンデレ美少女の風子など、個性的なキャラクターたちの存在も楽しい。

とりわけ七海の冒険の大事な相棒となった近藤桃太郎、桶谷常夫＝ツネオとのチームワークが印象的だ。

色黒のデブでエロガキの桃太郎と、チビでメガネで緊張性のツネオ。そして色白で大阪弁の苦手な七海という、クラスのなかでも最底辺に位置するいじめられっ子の凸凹ダメトリオが、大人でも切り抜けづらい苦境を知恵とその場の思いつきで乗りきっていく。ツネオが発明したオリジナル兵器『火の玉ボール』『ビリビリ腕時計』『地獄キャップ』『ヌンチャク・スニーカー』などの活躍も笑える。そのうちのひとつが冒険のクライマックスを締めくくる、非常に重要なツールとして役に立つとは、誰も予想できなかっただろう。

七海は冒頭で否定しているけれど、三人の友情の結束は、映画『スタンド・バイ・ミー』と同じ、きゅんとくるものが胸にこみあげる。大阪・京都の街を駆けずり回った七海たちの夏休みの冒険と、オレゴン州で探し物を見つけに旅をする少年たちの二日間の価値は、根っこの部分で重なる。

個々のエピソードやシーンは常識外れではあるが、話の本筋は王道のジュブナイル小説。半太ワールドで初めてと言ってもいい、学校の夏休みの課題図書に最適の内容だ。

七海のほとんどの行動は、やはり十蔵が軸になっている。

疎《うと》ましくても、もやもやさせられても、圧倒的な憧れの存在であることを無意識に感じている。馬鹿にしたい対象であると同時に、強い影響力を持つ、アイドルでもあるのだろう。

　それが証拠に弱気な七海を勇気づける言葉は、すべて十蔵のものだ。


「その勇気が大事なんだよ。（中略）失敗を恐れずトライすること。それができなければ、インテリジェンスという宝の持ち腐れだ」

「お前の心の中にある宝の地図をわざとボロボロにしろ。そこからが冒険の始まりだ」

「人生は逃げ続けなきゃいけない。（中略）死なないために、歯を食いしばって、知恵を振り絞って、勇気を持って、逃げろ」

「考えるな。まず動け。適当でもいい。（中略）動き続ければ奇跡は起きるさ」


など冒険家らしい、なかなかの名言を連発している。

　気持ち的に受け入れているかどうかは別にして、七海は言葉で十蔵イズムを注入された後、眠っていた冒険家の遺伝子を覚醒させる。

「変なアンテナみたいなものが頭の上に立ったみたいに、ぼくの五感のすべてが鋭くなっていた」七海は、大人たちが驚くほどの跳躍力を発揮した。

命に危険が及ぶような状況でも、湧き上がるワクワクを止められないように、大胆な飛翔を見せる。地面の縛りから解き放たれたような軽やかなアクションは、間違いなく冒険家のそれである。残念ながら七海は、十歳の完コピの息子だということを、自ら強烈に証明してしまうのだ。

『きみはぼくの宝物　史上最悪の夏休み』は、父と子の絆の物語という、シンプルなくくりにおさめるには惜しい。もちろんその通りではあるのだけど、半太氏がこの物語で提示したのは、父と子の感動の和解ストーリーではない。

親父を嫌いながらも、親父の血が引き寄せた運命に従わざるをえなくなった、男子の脱力。そして、親父を弱い拳でぽかぽか叩いていた男子が、その手で自分の人生をつかむために、裸足でジャンプする最初の儀礼的瞬間をとらえた、大いに笑えて、胸ゆさぶられる、冒険活劇なのである。

作家としての成熟がうかがえる、などと語ると半太氏は嫌がりそうだ。

成熟ではなく、半太流の高らかな、人生賛歌の物語だと評したい。

――ライター

この作品は二〇一三年五月小社より刊行された『宝探しトラジェディー』を大幅に修正、改題したものです。

JASRAC 出 1707704-701

きみはぼくの宝物《たからもの》

史上《しじょう》最悪《さいあく》の夏休《なつやす》み

木下半太《きのしたはんた》

平成29年8月5日　初版発行

発行人――石原正康
編集人――袖山満一子
発行所――株式会社幻冬舎
〒151-0051東京都渋谷区千駄ヶ谷4-9-7
電話　03(5411)6222(営業)
03(5411)6211(編集)
振替00120-8-767643
印刷・製本―図書印刷株式会社
装丁者――高橋雅之

幻冬舎文庫

ISBN978-4-344-42635-1　C0193　き-21-19

幻冬舎ホームページアドレス　http://www.gentosha.co.jp/
この本に関するご意見・ご感想をメールでお寄せいただく場合は、
comment@gentosha.co.jpまで。